AF202464

Tucholsky Wagner Zola Scott Sydow Freud Schlegel
Turgenev Wallace Fonatne
Twain Walther von der Vogelweide Fouqué Friedrich II. von Preußen
Weber Freiligrath
Fechner Fichte Weiße Rose von Fallersleben Kant Ernst Frey
Hölderlin Richthofen Frommel
Engels Fielding Eichendorff Tacitus Dumas
Fehrs Faber Flaubert
Maximilian I. von Habsburg Fock Eliasberg Zweig Ebner Eschenbach
Feuerbach Ewald Eliot Vergil
Goethe Elisabeth von Österreich London
Mendelssohn Balzac Shakespeare Dostojewski Ganghofer
Trackl Stevenson Lichtenberg Rathenau Doyle Gjellerup
Mommsen Tolstoi Hambruch Droste-Hülshoff
Thoma Lenz Hanrieder
Dach Verne von Arnim Hägele Hauff Humboldt
Reuter Rousseau Hagen Hauptmann Gautier
Karrillon Garschin Baudelaire
Damaschke Defoe Hebbel
Descartes Hegel Kussmaul Herder
Wolfram von Eschenbach Dickens Schopenhauer
Bronner Darwin Melville Grimm Jerome Rilke George
Campe Horváth Aristoteles Bebel Proust
Bismarck Vigny Barlach Voltaire Federer Herodot
Gengenbach Heine
Storm Casanova Tersteegen Gilm Grillparzer Georgy
Chamberlain Lessing Langbein Gryphius
Brentano Lafontaine
Strachwitz Claudius Schiller Kralik Iffland Sokrates
Katharina II. von Rußland Bellamy Schilling
Gerstäcker Raabe Gibbon Tschechow
Löns Hesse Hoffmann Gogol Wilde Gleim Vulpius
Luther Heym Hofmannsthal Klee Hölty Morgenstern Goedicke
Roth Heyse Klopstock Kleist
Luxemburg Puschkin Homer Mörike
La Roche Horaz Musil
Machiavelli Kierkegaard Kraft Kraus
Navarra Aurel Musset Kind Moltke
Nestroy Marie de France Lamprecht Kirchhoff Hugo
Laotse Ipsen Liebknecht
Nietzsche Nansen Ringelnatz
Marx Lassalle Gorki Klett Leibniz
von Ossietzky May Irving
vom Stein Lawrence
Petalozzi Knigge
Platon Kafka
Sachs Pückler Michelangelo Kock
Poe Liebermann Korolenko
de Sade Praetorius Mistral Zetkin

Der Verlag tredition aus Hamburg veröffentlicht in der Reihe **TREDITION CLASSICS** Werke aus mehr als zwei Jahrtausenden. Diese waren zu einem Großteil vergriffen oder nur noch antiquarisch erhältlich.

Symbolfigur für **TREDITION CLASSICS** ist Johannes Gutenberg (1400 — 1468), der Erfinder des Buchdrucks mit Metalllettern und der Druckerpresse.

Mit der Buchreihe **TREDITION CLASSICS** verfolgt tredition das Ziel, tausende Klassiker der Weltliteratur verschiedener Sprachen wieder als gedruckte Bücher aufzulegen – und das weltweit!

Die Buchreihe dient zur Bewahrung der Literatur und Förderung der Kultur. Sie trägt so dazu bei, dass viele tausend Werke nicht in Vergessenheit geraten.

Im Frühlingswald

Wilhelm Jensen

Impressum

Autor: Wilhelm Jensen
Umschlagkonzept: toepferschumann, Berlin

Verlag: tredition GmbH, Hamburg
ISBN: 978-3-8424-0802-9
Printed in Germany

Text der Originalausgabe

Wilhelm Jensen

Im Frühlingswald

Ein Vorfrühlingsabend war's noch, der über stillen Feldweiten lag, aber eine Ahnung des kommenden Mais rührte aus ihm an, durchschimmerte und durchhauchte ihn überall. Der Himmel war vor dem Auge so weich, wie die Luft für das Gefühl; wo der Pflug Schollen aufgeworfen, quoll der Erdgeruch, aus Winterstarre gelöst, in die Höh', und erster leiser Duft mischte sich ein. Da und dort hob ein Windhauch ihn auf und trug ihn aus dem Mittagswinkel einer noch kahlen Feldhecke her, an Waldrändern lagen goldhelle Fleckchen, wie sonderbar verirrter Sonnenglanz. Zusammengedrängte Himmelsschlüssel lösten dem Näherkommenden das Rätsel; dahinter zog es sich weiß zwischen die grauen Buchenstämme hinein, fast wie ein ausgebreitetes Linnentuch, Stern an Stern, leicht nickende Frühlingsanemonen.

Irgendwoher mochte ein schmaler Fußsteig führen, zum Abweichen von der Straße, die drüben zum Dorf umbog, verleitet haben und sich im Feld verlaufen. Ein junger Mann mit eben erst gleich einem Schattenhinwurf sprießendem Bartflaum der Oberlippe, ein Student oder was er war, kam mit leichtem Wandergepäck auf dem Rücken weglos über einen Zaunwall herabgesprungen. Seine hellen, lebendigen Augen sahen umher, doch hier jetzt vergeblich. Niedrige, grüne Saat vor ihm und rundum Hecken ohne Ausgang.

Aber dort hinüber, an einer der letzteren hin, etwas hell wie eine große Schlüsselblume und zugleich wie eine Anemone über den Halmen Aufragendes, ein Menschenkopf. Rasch ging er darauf zu, rief die abgewendete Gestalt aus einiger Weite an:»Wo komme ich auf die Straße zurück?«

Ein Mädchen drehte den blondhaarigen Kopf und blickte ihm überrascht entgegen. Ein junges Ding, vielleicht kaum siebzehn

Jahre, nach dem Gesicht ein Kind, nur das vorgewölbte Mieder sprach, sie sei's nicht mehr. Sie trug einfachste ländliche Tracht, doch von sorglich gehaltener Frische; in anderer Umgebung, einem städtischen Gesellschaftssaal, auf einer Bühne hätte man sie für nett als Bauernmädchen verkleidet angesehen. Nur würde sie dann minder echte, zierlichere Schuhe angelegt haben; die Füße in ihnen mochten nicht groß sein, aber ihre derben Lederhüllen waren tiefgründigen Feldwegen praktisch angepaßt. Der kurze dunkelblaue Rock aus eigengewirktem Zeug ließ sie voll hervortreten, wie die an der Schulter umgebauschten Leinwandärmel die bloßen, noch ein wenig kinderhaft dünn zurückgebliebenen Arme.

Der junge Mann war bis zu ihr hingelangt und wiederholte seine Frage:»Kannst du mir zeigen, wo ich auf die Straße zurückkomme?«

Ihre groß aufgeschlagenen Augen sahen ihn stumm an, nicht verlegen, vielmehr mit der Unbefangenheit, die sich eine überraschende Erscheinung aufmerksam betrachtet. Dann antwortete sie:»Wollen Sie nach der Stadt hinüber?«

»Ja, ich bin vom Weg abgeraten, und es wird dunkel werden, ehe ich hinkomme. Kannst du –?«

Er hielt kurz an, das Mädchen war doch eigentlich wohl zu alt für diese Anrede. Aber in ihrem Gesichtsausdruck lag so Kindliches, daß er sie vorhin ohne weiteres ›du‹ genannt, und da er dies einmal getan, wäre er sich lächerlich vorgekommen, es nachträglich zu ändern. So beendete er seine Frage:»Kannst du mir sagen, wie ich gehen muß?«

Sichtlich fühlte sie sich auch durch die Ansprache nicht in einer Würde ihres Alters beeinträchtigt, noch in Verwunderung gesetzt. Mit der Hand deutend, entgegnete sie:»Die Straße führt da drüben durchs Dorf; Sie könnten viel näher gehen, aber –«sie schüttelte den blonden Kopf –»es ist zu schwer zu finden.«

»Um wieviel näher denn?«fragte er.

»Gut eine halbe Stunde.«

»Dann tu' ich's jedenfalls. Wohin muß ich?«

Die Hand des Mädchens wies abermals in eine Richtung:»Dort!« Aber sie setzte hinzu:»Nein, es geht nicht, Sie finden's nicht und verirren sich noch mehr.«

Bis zum nächsten, über die Zaunwälle hersehenden Strohdach des Dorfes mochten es zehn Minuten sein; der junge Mann erwiderte:»Ist niemand da, vielleicht ein Kind, das ein Stück mit mir geht?«»Wenn Sie erst bis ins Dorf kommen, nützt es nichts mehr; Sie sollen grad' nach der anderen Seite.«

Er zog mechanisch seine Börse aus der Tasche.»Ich möchte rasch zur Stadt hin und würde gern etwas dafür –«

Diesmal sprach er jedoch nicht aus. Es befand sich niemand als das hübsch und wohlhabend gekleidete Mädchen vor ihm, dem Geld für eine Dienstleistung anzubieten, fraglos etwas Unbedachtes und Verletzendes enthielt. Seine Hand steckte die Börse rasch zurück und er fuhr fort:»So will ich mein Glück allein versuchen. Also dorthin?«

Die Befragte sah einen Augenblick seiner ausgestreckten Hand nach und nickte. Danach sagte sie:»Ich will Sie aus den Koppeln bringen, so weit, bis ich's Ihnen beschreiben kann. Aber Sie müssen nicht glauben, daß ich etwas dafür verlange. Ich tu's, weil Sie – weil ich nicht schuld sein will, daß Sie sich verirren.«

Ihr Mund hatte nicht zu Ende gesagt, sie tue es, weil der Fremde ihr wohlgefalle, doch ihre Augen sprachen's mit kindlicher Offenherzigkeit. Eine zum Helfen geneigte, natürliche Jugendfreundlichkeit des Sinnes lag in ihren Zügen, mit ein klein wenig schalkhaftem Ton bei ihrer Abwehr einer Belohnung untermischt. Das junge Ding täuschte auf den ersten Blick, war doch kein gewöhnliches, nettes Bauernmädchen. Schon nicht so rotbäckig, sondern von blasserer Gesichtsfarbe und keine lebendige Dutzendware der ländlichen Bevölkerung. Sie hatte Feineres in der Art und der Stimme, wie die Natur auch ihre Feldblumen verschiedenartig schuf.

»Dann bin ich dir sehr dankbar,« antwortete der junge Fußwanderer, und er stockte leicht, wie er nachfügte:»Es kam mir auch nicht in den Sinn, dir den Dank für deine Freundlichkeit anders ausdrücken zu wollen.«

Nun führte sie ihn an Wällen entlang, durch ein Hecktor und weiter über andere Koppeln in gleicher Weise. Es war ein Zickzackgehen, für den Unkundigen nicht auffindbar. Die Abendsonne fiel mit letzten, wagrechten Strahlen in die einsamen Felder; manchmal, wenn sie durch kahle Strauchspitzen kam, flocht sie ein schmales Schattengitterwerk über den Rücken und den zierlichen Nacken des voranschreitenden Mädchens. Dann trug einmal leiser Windhauch dem Nachfolgenden einen Duft entgegen, daß er anhielt und sagte: »Hier müssen Veilchen blühen.«

Seine Führerin drehte sich um. »Nein, hier herum gibt es keine.«

»Doch, ich rieche sie.«

Sie meinte: »Dann müssen es meine sein, die ich vorhin gesucht, als Sie mich trafen.« Nun gewahrte er, daß sie einen Strauß von Veilchen an ihr Mieder gesteckt trug, und zugleich, daß ihre Augen, in welche die Sonne bei der Gesichtsumwendung gerade hineinfiel, genau die Farbe der kleinen Blumen besaßen. Sie lachte blinzelnd: »Man wird ganz blind davon,« und drehte den Kopf wieder zurück. So gingen sie weiter, doch der Veilchenduft blieb jetzt um ihn, er atmete ihn bei jedem Schritt ein.

Seine Augen waren in der Tat wie blind gewesen, oder vielmehr, er hatte seine Führern gar nicht angesehen gehabt. Hätte er vorher wahrgenommen, wie ihre Brust beim Atemholen die Veilchen mit dem Mieder auf und nieder hob, so würde er sie nicht als ein Kind angeredet haben.

Und doch war sie auch wieder ein solches, wie sie hurtig dort hinübersprang, vorgebückt anhielt und gelbe Schlüsselblumen pflückte. Die ländliche Tracht stand ihr hübsch, paßte aber dennoch eigentlich nicht für sie, war zu derb und unnatürlich, wie wenn man ein Reh in eine dicke Wollenhülle einwickele.

Sie waren auf eine größere, von breitem Wald begrenzte Koppel gelangt. Die Sonne schien nicht mehr, tauchte nur nach ihrem Niedergang einige leichte Gewölkstreifen an einem fast grünen Horizonthimmel in rosenhaftes Licht. Das Mädchen blickte mit freudigen Augen hinüber und sagte: »So schön ist der Himmel selten und nur im Frühling. Man muß es ansehen, denn es kommt nicht leicht wieder.«

Sie hatte bis dahin nur weniges gesprochen; war's der summende Abendwind im laublosen Wald, es überlief den jungen Hörer zugleich beim Klang ihrer Stimme mit einem wunderlichen Schauer.

Er sah, leicht zusammenfahrend, um sich; etwas wie ein betretener schmaler Steig durchlief die Koppel, und er äußerte in einer plötzlichen Hast:»Ich danke dir; jetzt, denke ich, kann ich nicht mehr fehlen.« Doch sie verneinte:»Grad' im Wald erst am leichtesten.«

»Muß ich – geht der Weg durch den Wald?«

Der Ton, in dem er es fragte, besaß etwas Unsicheres, fast wie Schreckhaftes, daß sie verwundert mit einem fröhlichen Lachen einfiel:»Fürchten Sie sich drinnen? Das hätt' man Ihnen nicht angesehen. Aber ich bringe Sie so weit, daß Sie auf einen sicheren Weg und dann bald wieder aus dem Wald kommen.«

»Nein – ich finde den Weg schon selbst – kehr hier um! Und kehre auch um, was sonst in der Welt üblich ist – da du keinen Führerlohn von mir willst, so gib mir einen dafür.«

Ihre Miene schien zu zweifeln, ob es ganz richtig in seinem Kopf stehe.»Ich? Was könnt' ich denn geben?«

Sein Gesicht bog sich vor und zu den Veilchen an ihrem Mieder herunter. Dazu sagte er:»Sie duften so schön; du findest morgen wohl andere, doch in der Stadt blühen sie nicht.«

Nun verstand sie, was er gemeint, antwortete:»Riechen Sie die Veilchen auch so gern?« und nestelte geschwind den kleinen Strauß aus ihrem Brusttuch; ein paar waren halb in dies hineingeschlüpft, so daß es ihren Fingern etwas Mühe kostete, sie hervorzubringen. »Gewiß, ich finde morgen schon andere,« setzte sie hinzu,»ich weiß die Plätze, wo sie stehen.«

Der junge Empfänger zog den Duft des Sträußchens ein, die kleinen Blüten fühlten sich warm an, als ob sie eben in der Mittagssonne gestanden, und dufteten noch süßer als frisch vom Boden gepflückte.»So hab' Dank,« sagte er nochmals rasch,»und nun geh zurück!« Wie das Mädchen dennoch weiter vorschritt, faßte er ihren Arm und hielt sie:»Nein – du sollst nicht allein nachher wieder durch den Wald – fürchtest du dich denn nicht?«

»Warum? Es sind keine wilden Tiere darin.«

»Doch es könnten –«

»Ich gehe oft allein im Wald; aber wenn ich Ihnen lästig bin und nicht mehr sprechen soll, will ich stumm bis an den Kreuzweg vorausgehen.«

Sie war ein wenig gekränkt, daß er ihre Begleitung nicht länger annehmen wollte, danach zu trachten schien, sie loszuwerden. Doch wie ein eigenwilliges Kind bestand sie auf ihrer Absicht, so weit mitzugehen, als sie's notwendig hielt, und wie ein Kind auch sprang sie jetzt über eine kleine wasserlose Grabentiefe gegen eine Grasböschung am Waldrande hinan. Aber der Hang war glatt, ihre Füße fanden nicht Halt; um nicht zu fallen, klammerte sie sich mit den Händen an ein dünnes Gezweig auf der Wallhöhe. Auch dies gab indes nach, so glitt sie doch langsam herunter, ihr kurzer Rock streifte sich dabei an der rechten Seite, zurückgehalten, in die Höh', und das weiße Strumpfgewirk tauchte hellschimmernd unter dem blauen Zeug hervor. Einen Augenblick ebenfalls ein zierliches, wieder an den Gliederbau eines Rehes erinnerndes Knie und Handbreite eines weichen, zartfarbigen Beines drüber, dann lag die vergeblich Anhalt Suchende bis auf die Sohle des Grabens herabgerutscht. Der junge Mann hatte dem Vorgang zugesehen, wie einer, der nicht gleich die rasche Geistesgegenwart besitzt, in der richtigen Weise helfend beizuspringen, sondern seine Augen erst einige Sekunden weit offen auf dem Geschehenden verweilen läßt. Nun zuckten seine Wimpern, er trat eilig vor, faßte eine Hand des Mädchens und richtete es daran auf. Das Ganze war nur komisch und völlig gefahrlos gewesen, doch durch seine Stimme lief ein hörbares Zittern, wie er hastig fragte:»Hast du dich verletzt, dir wehgetan?« Sie stand lachend:»Das war ungeschickt, Sie müssen meinen, daß ich so plumpe Beine zum Springen wie eine Kuh habe. Aber zum zweitenmal geht's nicht wieder so.«

Sie bewies es, denn sie schwang sich jetzt behend zur Böschung hinauf; noch ihre Hand haltend, machte er gleichzeitig den Sprung mit, und sie standen zusammen droben. Vor ihnen im Wald lag schon ein zwitterndes Licht, das die Dinge in der Ferne nicht mehr genau unterscheiden ließ, zwischen die grauen Buchenstämme hinein zogen sich, dicht Kelch an Kelch gesellt, wie ein weißes Leilach, tausend und aber tausend von Anemonen. Die weiche Luft war lautlos frühlingsabendstill, nur aus der Tiefe des Waldes her kam von einem der hohen braunknospenden Wipfel der Schlag einer Drossel. »Das ist meine Freundin,« sagte das Mädchen, »ich höre sie so gern.«

Der junge Mann hatte vergessen, daß er ihre Begleitung nicht weiter annehmen gewollt, und antwortete, wie es schien, noch von dem Sprung mit etwas atemverhaltener Brust: »Wohin kommen wir? Hier ist kein Weg – du hast recht, ich wüßte ohne dich nicht wohin.«

»Das ist meine Sache, gehen Sie nur ruhig weiter. Ich kenne hier Schritt und Tritt, wir sind auf dem richtigen Wege. Aber wenn Sie sich in acht nehmen können, daß Sie keine von den Blumen zertreten, die sind auch meine Freunde.«

»So führe mich, und halte mich ab, wenn mein Fuß unvorsichtig sein will,« gab er zurück, wieder nach ihrer Hand fassend; sie schritten weiter durch das Blütenbett hin den hochflötenden Tönen des Vogels entgegen, und das Dämmerlicht des Waldes legte seinen Vorhang über sie. Nur ein dürrer Vorjahrszweig knackte noch unter ihren Füßen, ein Stimmenton klang noch einmal undeutlich auf, dann ward es still.

»Eh' ich's vergesse, Richard, meine Schwester läßt dich um Beihilfe ersuchen. Es geht ihr sehr wohl, besser als seit manchen Jahren, aber um ihre Gesundheit völlig gegen einen Rückschlag zu sichern, hat der Arzt ihr empfohlen, die Frühlingsmonate nicht in unserem Ostwind, sondern an einem geschützten Platz Süddeutschlands zuzubringen; er meint, etwa in einem Schwarzwaldtal, das gegen Norden und Osten gedeckt sei. Du hast dich ja öfter in der Gegend aufgehalten, und Madlene bittet deshalb in ihrem Brief an mich um deinen sachkundigen Rat.«

Der Sprecher war der Berliner Rechtsanwalt Gustav Romwald und der Angeredete der *Dr. jur.* Richard Zumsteg, auf dessen Zimmer sich der erstere an einem Märznachmittag zum Besuch eingefunden. Beide waren vor sechs Jahren in einer norddeutschen Universität Studiengenossen der gleichen Wissenschaft gewesen, hatten sich nah befreundet und nach längerer Trennung seit dem letzten' Herbst in Berlin wieder angetroffen. Zumsteg befand sich in erfreulichen, ihm die Berufswahl frei anheimstellenden Verhältnissen; er besaß mancherlei künstlerische und literarische Interessen, und eine gewöhnliche juristische Laufbahn, sei es als Richter oder Anwalt, entsprach durchaus nicht seiner Neigung. Ebensowenig das täglich Herkömmliche und Gleichmäßige des deutschen Lebens; er trug einen Zug zur Ferne, zum Unbekannten von Kindheit auf in sich und damit zugleich auch ein wachsendes Unbefriedigtsein von seiner Umgebung und im Grunde mit sich selbst. Seine lebhafte Phantasie verleitete ihn, leicht und rasch nach etwas vor ihm Aufblinkenden zu haschen, eine Erfüllung seines Begehrens darin zu sehen. Doch schnell auch erkannte er wieder, daß er sich getäuscht; das Erreichte befriedigte ihn nicht, mehrte nur seinen innerlichen Mißmut, den er anderen unter heiterer Laune verbarg. Der deutsche »Wegwart« war ihm verleitet, sowohl der wirklich mit Blatt und Blüten an den Wegen stehende, als der seines Lebens. Er sehnte sich nach dem Anblick anderer Pflanzen und dem Verkehr mit anderen Menschen, vielleicht am meisten nach einem Entkommen aus seinen eigenen Gedankenkreisen. So hatte er sich nach längerem Schwanken für eine diplomatische Karriere entschieden, nachträglich Staatswissenschaften betrieben, vor einem Jahre das Konsulatsexamen bestanden und war gegenwärtig, in der Erwartung eine überseeische Stellung zu erhalten, im Auswärtigen Amt beschäftigt. Die beiden Freunde standen im nämlichen siebenundzwanzigsten Lebensjahr, und Romwald hatte sich für sein Alter bereits eine angesehene und einträgliche Position befestigt. Er war ein tüchtiger und eifriger Rechtsanwalt, wohl ebenfalls nicht ohne abschweifende, besonders auf die Naturwelt gerichtete stille Neigungen, denen er indes, um seiner Praxis willen, nur selten, höchstens für ein paar kurze Sommerwochen nachzugeben vermochte. Obwohl ein junger Mann von gefälligem äußeren Ansehen stand er darin doch gegen Zumsteg zurück. Dieser bildete, mit schlankelastischer Gestalt, das lebendige Gesicht von kurzgehaltenem dunkelbraunem Vollbart umfaßt, eine ungewöhnlich einnehmende, etwas aristokratisch anmutende Erscheinung.

Der Rechtsanwalt hatte schon eine halbe Stunde bei ihm zugebracht und seine letzte Äußerung im Aufstehen getan. Es lag noch etwas anderes unter den Worten, als sie aussprachen, doch von dem Hörer Verstandenes. Dieser wußte, es sei ein Lebenswunsch Romwalds, zwischen seiner Schwester und dem Freunde eine Annäherung und möglicherweise eine Verbindung herbeizuführen. Sie war um vier Jahre jünger als ihr Bruder, besaß außer ihm keinen Verwandtschaftsanhalt mehr und wohnte allein in dem ihr verbliebenen kleinen elterlichen Hause in Hamburg. Zumsteg hatte Madlene Romwald nie gesehen, kannte sie indes nach Beschreibungen von seiten seines Freundes ziemlich genau. Ihre Gesundheit erheischte Sorgfalt, sie hatte seit schon manchen Jahren nach ärztlicher Vorschrift den Sommer stets auf dem Lande zubringen gemußt und sollte sich offenbar deshalb auch jetzt dem schneidenden Frühjahrsostwind in Hamburg nicht aussetzen. Doch sie mußte unfraglich schön, liebenswürdig und von geistigem und gemütlichem Gehalt sein, hegte gleich ihrem Bruder ein besonderes, von ihrem Sommerleben auf dem Lande noch verstärktes Interesse für die Pflanzenwelt, mit der sie sich sowohl als Sammlerin, wie als geübte und begabte Nachbildnerin von Blumen in Aquarellfarben beschäftigte. Was Zumsteg von ihr wußte, sprach für ein eigenartiges, sinniges, nicht nach außen, sondern in sich selbst lebendes und Genüge suchendes Wesen und zog ihn sympathisch an. Über ihr Äußeres gab ihm nur ein im Besitz ihres Bruders befindliches Kinderbild eine Andeutung oder eigentlich keine. Darauf sah sie mit dunkelblauen Augen und hellblondem Haar unter einem großen ländlichen Strohhut sehr niedlich aus, doch sollte danach nicht mehr erkennbar geblieben sein, vielmehr seitdem ein völlig, indes keineswegs zum Nachteil verändertes Gesicht bekommen haben. Sie trug, ihrer ganzen auf sich selbst beschränkten Art gemäß, eine Abneigung dagegen, sich photographieren zu lassen, darum konnte Romwald kein Bild aus späterer Zeit von ihr aufweisen. Aber er hegte die Überzeugung, daß sie vortrefflich als Lebensgefährtin für seinen Freund passen würde, den er andererseits genugsam kannte, um sich versichert zu halten, er biete auch die beste Bürgschaft für das von ihm in inniger brüderlicher Liebe erstrebte Lebensglück seiner Schwester. Von edlem innerstem Kern des Wesens hatte Zumsteg häufig genug Zeugnis abgelegt, und das Unstete, Unbefriedigte in ihm hätte eine Frau von der Art Madlenes am sichersten zur Ruhe gebracht. So war ihr Bruder bemüht gewesen, die beiden einmal zu persönlichem Kennenlernen zusammenzubringen, doch vergeblich; die zarte Gesundheit seiner Schwester erlaubte die Winterreise zu ihm nicht, und er konnte Zumsteg doch nicht geradezu auffordern, nach Hamburg zu fahren, aus keinem anderen Grund, als um Madlene zu besuchen. Aber in scherzendem Ton hatte er schon manchmal gesprochen, daß sie gegenseitig großes Gefallen aneinander finden würden, und nach seiner Art und Weise stand als ziemlich gewiß anzunehmen, er werde es nicht unterlassen haben, brieflich auch seiner Schwester ähnliche Andeutungen zu machen. Zumsteg wußte nicht, ob ihm diese Vorstellung angenehm oder peinlich sei. Es war vielleicht beides, bald das eine, bald das andere. Er fühlte manchmal ebenfalls, es würde das beste für ihn sein, sich verlieben zu können und sein Leben mit dem einer Frau zusammenzuknüpfen. Allein dann überkam's ihn fast wie mit einer Gewißheit, daß er eben nicht imstande sei, sich zu verlieben und nur eine wechselseitige Enttäuschung bewerkstelligen werde. Seine Abneigung gegen die Menschheit um ihn her erstreckte sich hauptsächlich auf ihre weibliche Hälfte, die ihm fast überall wertlos an Geist und Gemüt, im besten Fall nur wie ein äußerlich artiges, die Augen anziehendes, doch nicht das Herz fesselndes Spielzeug erschien.

Er versetzte nun, daß er über einen geeigneten Aufenthaltsort für Madlene nachdenken und ihr Mitteilung davon zugehen lassen wolle. Romwald erwiderte:»Meine Schwester hat's gut; wer auch so frei wäre, den Frühlingsanfang irgendwo im Freien verleben zu können. Das ist seit der Studentenzeit vorbei. Da waren die Osterferien dafür eingerichtet; ein köstlicher Gedanke: Himmelsschlüssel, Anemonen, Veilchen – wie man sie in der Sonne am Waldrand nicken sieht! Und zwischen ihnen hin mit der leichten Tasche auf dem Rücken übers Land zu wandern, sich verlaufen, ein artiges Dorfkind, das sich in Feld und Wald Blumen pflückt und einem den Weg zeigt – Drosselschlag dazu – welch schöne Erinnerungen! Wie schnell geht die gute Zeit doch vorbei, sitzt man in Tinte und Aktengeraschel, oder liegt vielmehr wie der Hund an der Kette fest. Daß es dich nicht hinaustreibt, Richard, der nicht an den Holzpfahl angeschmiedet ist oder wenigstens sich jeden Augenblick durch Urlaubswunsch davon losmachen kann! Ich rieche die Veilchen, als bückte ich mich drüber, und sehe die weißen und rötlichen Anemonenkelche sich leise im warmen Wind schaukeln, wie ein zwischen den Waldstämmen ausgebreitetes, flimmerndes Linnen. Letzte rote Lichtstreifen vom Abendhimmel fallen darauf, Schatten, Dämmerung, lautloses Schweigen, nur die Drossel flötet noch. Ach ja, Müller contra Schulze erwartet mich, weigert sich, Rindshäute anzunehmen, weil sie nicht nach der Abmachung mit Gerstenbeize, sondern mit Lohbrühe gegerbt sind.«

Zumsteg lachte kurz:»Dann gerbe ihnen nur beiden ordentlich ihre Geldbeutel, Freund! Du weißt, ich habe für diesen deutschen Wegwart keine Vorliebe – was wollt' ich sagen –?«

Er sah Romwald einen Augenblick wie aus abgeschweiften Gedanken suchend ins Gesicht und fügte hinterdrein:»Richtig – ich meinte – es wird darauf ankommen, welche Ansprüche auf häusliche Unterkunft und Beköstigung deine Schwester macht, und ob sie –«

Der Sprecher fand offenbar im Moment wieder nicht, was er eigentlich zu äußern beabsichtigt hatte, wiederholte:»und ob deine Schwester –«und ergänzte dann:»ob sie allein dorthin gehen will.«

»Darüber hat sie nichts geschrieben,«antwortete der Rechtsanwalt,»vermutlich nimmt sie sich irgend eine alte Ehrendame ihrer Bekanntschaft als Begleitung mit.«

Er hielt inne, es kam ihm jetzt erst, daß die stockende Frage Zumstegs ein wenig Sonderbares gehabt habe – überhaupt die Erkundigung, ob Madlene sich allein befinden werde – und von einem unbestimmten, doch erfreulichen Gefühl daraus berührt, setzte er hurtig hinzu:»Aber es wird sicherlich keine lästige Mitgift für den Aufenthalt ausmachen, meine Schwester hält sehr darauf, sowohl im Hause als besonders draußen ungestört mit sich zu sein, und trifft gewiß von vornherein mit ihrer Gesellschafterin eine feste Bestimmung, daß jede den größten Teil des Tages die andere sich selbst überläßt. Jetzt muß ich mich technisch informieren, welche Nichtswürdigkeit in der Lohbrühe gegenüber der Gerstenbeize liegt. Also du hast die Freundlichkeit, Madlene Auskunft zu geben, ihre Adresse weißt du ja. Es ist doch merkwürdig, daß zwei Menschen, die so viel voneinander gehört haben und eigentlich doch in einer Art innerer Verknüpfung stehen, sich zu Gesicht geraten könnten, ohne sich zu kennen. Nun, eine glückliche Fügung wird darin hoffentlich einmal Remedur schaffen. Auf Wiedersehen, Richard! Müller contra Schulze – ein hübsches Frühlingsvergnügen! Wenn ich du wäre! Oder noch Student mit der Osterferientasche auf dem Rücken! So muß man an der Erinnerung knabbern, mit gegerbten Rindshäuten als Zukost.«

Der Rechtsanwalt Gustav Romwald bekundete durch einen leichten aus seiner Brust aufdrängenden Seufzer, daß sich in ihrer Empfindung Scherz und Ernst durcheinander mischten, reichte dem zum Schwager gewünschten Freunde die Hand und verließ das Zimmer.

Der allein zurückgebliebene Dr. jur. und Konsulatsaspirant Richard Zumsteg trat ans Fenster und sah hinaus. Von einer Frühlingseinkehr ließ sich draußen nicht eben viel wahrnehmen, denn das Haus lag in einer festen, hochhäuserigen, nicht besonders breiten Straße, und es war erst Märzanfang, der in Berlin auch den Himmel nur noch mit wenig Lenzstimmung auszurüsten pflegt. Indes ein bißchen davon machte sich doch bemerklich. Auf dem Dach gegenüber lag eine Schneedecke, und an dem Rande hingen lange Eiszapfen herunter; aber die nachmittägige Westsonne schien warm darauf, ab und zu regte es sich leis am Ende der hellen Zapfen, rieselnd und blinkernd, und dann löste sich ein Tropfen von ihnen ab. Flüchtig machte es den Eindruck, als ob in der Luft ein fallender Diamant oder ein glänzender Augenstern auftauche; nun verschwand's, doch kam wieder, jedesmal mit dem gleichen, edelsteinartigen Lichtwurf. Kein Frühling war's noch, aber erinnerte doch an einen solchen, an sein Bevorstehen, und in südlicheren Gegenden mochte er wohl in der Tat schon seinen Einzug halten. Zumsteg hatte eben so viel von dem Verlangen Romwalds in Feld und Wald hinaus vernommen, daß seine Phantasie dadurch in lebhafte Tätigkeit versetzt worden, und er sah einen Bodengrund vor sich mit gelben Himmelsschlüsseln und weißen Anemonen bedeckt. Zuerst wußte er nicht recht, wo, doch dann gestaltete sich ihm ein kleines heimliches Schwarzwaldtal drumher, das er einigemal um diese Jahreszeit besucht hatte. In seinen Mittagssonnenwinkeln konnten in der Tat jetzt die ersten Knospen wohl schon aufbrechen. Auch Veilchen daneben – die Vorstellung übte eine einbildnerische Wirkung auf die Sinne; er sah nicht nur die kleinen blauen Blüten vor sich, sondern er glaubte auch, von ihrem Geruch angeweht zu werden. Das veranlaßte ihn zu einer unwillkürlichen ruckhaften Kopfbewegung; er mochte keinen Veilchenduft, besaß geradezu einen merkwürdigen idiosynkratischen Widerwillen dagegen. Auch das Blinken und Fallen der Tropfen drüben vom Dachrand verursachte ihm eine unangenehme Empfindung in den Augen; sich abdrehend, ging er zwecklos in der Stube hin und wieder. Doch das Schwarzwaldtal blieb ihm vor dem Gesicht. Es zog sich von der Rheinebene her anfänglich breit in die Berge hinein, verengerte sich dann und machte bei einer kleinen Ortschaft mit einem einfachen, doch reinlichen und guten Gasthof eine Knickung, durch die es vollständig vor Nord- und Ostwinden geschützt ward. Das war ja eigentlich genau dasjenige, was die Schwester seines Freundes suchte.

Er hatte versprochen, ihr zu antworten, und es entsprach seinem eigenen Wunsch, dies zu tun. Nicht in dem Sinne und aus Beweggründen, wie sie Romwald erfreut hätten – bei der Vorstellung mußte er leicht lächeln – sondern weil es ihn nach einer Beschäftigung seiner Gedanken verlangte. Ihm fehlte gegenwärtig Sammlung und Antrieb, sich in eine Arbeit zu vertiefen, und untätig zu sitzen fiel ihm noch mehr zuwider. So nahm er die Feder, seine Zusage gleich zu erfüllen, schrieb rasch auf ein Blatt:

»Hochgeehrtes Fräulein.«

Doch wie seine Augen auf der Überschrift hafteten, schüttelte er den Kopf. Das war ja geschmacklos, die Schwester seines nächsten Freundes derartig anzureden. Wenn er sie auch nicht persönlich kannte, so hatte Romwald doch recht, daß sie in Beziehungen zueinander standen, die solche förmliche Steifigkeit als absichtlich gekünstelt oder lächerlich erscheinen lassen mußten. Er nahm einen anderen Papierbogen und schrieb nach kurzem Besinnen: »Liebes Fräulein Madlene.

Obwohl wir nicht von Gesicht zu Gesicht miteinander bekannt sind, fällt es mir doch nicht möglich, Sie als eine Fremde zu betrachten und anzusprechen, und ich glaube, daß Gustav, wenn er noch, wie eben, bei mir säße, mir die obige Anrede als die natürlichste in die Feder diktiert haben würde –«

Er hielt, den Satz überlesend, inne und nickte: »Die Wendung ist ganz gut, sich in einer richtigen Mitte haltend. Es liegt ja auch in der Natur, daß sich unwillkürlich von der Freundschaft mit dem Bruder etwas, eine Anteilnahme auf seine Schwester überträgt. Die Voraussetzung spricht dafür, daß sie in ihrer Wesensart mannigfach mit ihm übereinstimmen wird – nun, und diese in anmutende Weiblichkeit umgestaltet – es läßt sich etwas von der alltäglichen Gewöhnlichkeit vorteilhaft Abweichendes darunter denken.« Zumsteg sah eine Weile vor sich hin, als ob er sich eine leibliche Vorstellung von Madlene Romwald zu bilden versuche. Aber das fiel natürlich doch auch der lebhaftesten Phantasie nicht möglich; ohne Anhalt konnte sie das völlig Unbekannte nicht gestalten, sondern entlehnte notgedrungen unbewußt für das Bild Züge und Einzelheiten, die den Augen schon im Leben vorgekommen waren. So schuf sie sich allerdings ein sich allmählich zusammenfügendes, vor den Blick hintretendes Gesicht – wie es in der Sache lag, nicht ganz deutlich faßbar, etwas unbestimmt wie in einem Dämmerlicht zergehend – doch immerhin besaß es Farben und individuelle Eigenart eines Mädchenantlitzes, aus dem die Augen zugleich dunkel und hell hervorsahen. Richard Zumsteg hatte die Lider geschlossen, so gewann es noch mehr an Deutlichkeit, und er hielt ihm seinen Blick entgegengerichtet. Allein nur kurz, dann schüttelte er, rasch die Augen öffnend, mit einem Kopfruck das Phantasiegebilde von ihnen ab. Das war ja Unsinn einer regen Einbildung und trug außerdem in den Zügen keinerlei Ähnlichkeit mit Gustav Romwald. Was sollte denn solche Torheit und wie war er dazu gekommen? Dies Gaukelspiel seines innerlichen Sehvermögens verdroß ihn, noch immer blieb etwas davon vor seinem Gesicht, er konnte es auch vor den geöffneten Augen nicht wieder los werden. Erst wie er fest auf das Papier niedersah und das Geschriebene überlas, rann das Phantom mählich zum Nichts auseinander, und er setzte jetzt mit hastiger Beflissenheit seinen Brief fort. Halb ohne es zu wissen, erging er sich mit der Feder in allerlei Gedanken und Anschauungen, die in keiner Verbindung mit dem eigentlichen Zweck seines Schreibens standen; dies bot ihm einen willkommenen Anlaß zur Ausfüllung einer müßigen oder besser bei seiner Stimmung sonst nicht nutzbaren Stunde. Er gelangte auf die vierte Seite des Bogens, ohne bis dahin Auskunft über das von ihm empfohlene Schwarzwaldtal gegeben zu haben, und fand nur noch Platz, das Verabsäumte in gedrängter Kürze nachzuholen. Es war mehr als ein hübscher Brief; er enthielt nichts Gesuchtes oder Geistreiches, sondern gab in einfacher Natürlichkeit ungewollt ein gewisses Bild von seinem Schreiber, das diesen als einen Menschen mit eigener, ernster und gemütvoller Denkungsart hinstellte. Der Märztag neigte sich noch früh zum Abend, ein Zwitterlicht fiel schon auf das Kuvert, als er die Adresse darauf setzte. Dann nahm er Mantel und Hut, den Brief selbst auf die Post zu bringen. Auch der Anlaß zu diesem Ausgang fiel ihm willkommen; sein Zimmer war so einsam und besonders das allmähliche Einfallen der Dämmerung darin ihm widerwärtig. Er mochte die letztere überhaupt nicht, doch heute noch weniger als sonst.

Die Mitte des neunzehnten Jahrhunderts hatte Berlin und Hamburg gleichsam zu Nachbarstädten gemacht, statt der früheren Woche bedurfte es für einen Hin- und Hertausch zwischen ihnen kaum mehr als eines Tages, und schon am zweitnächsten Morgen brachte der Postbote Zumsteg eine Beantwortung seines Briefes. Der Empfänger nahm sie und las:

»Lieber Herr Doktor!

Zwar bin ich heut' eigentlich am Schreiben verhindert, aber ich will mich trotzdem nicht abhalten lassen, Ihnen sogleich für Ihre freundliche Erfüllung meines Wunsches den besten Dank zu sagen. Ich finde es auch eigentümlich, daß unser Ohr schon oft von uns vernommen, dennoch aber unsere Stimme nicht kennt und daß wir in Wirklichkeit zum erstenmal durch die Feder miteinander sprechen. Es war liebenswürdig von Ihnen, meine Anfrage nicht durch meinen Bruder beantworten zu lassen, und noch dankenswerter, daß Sie sich in Ihrer Erwiderung nicht auf eine trockene Auskunftserteilung beschränkt haben. Vielleicht wird es Ihnen nicht ganz verständlich klingen, doch Ihr Brief hat mir nicht nur bewahrheitet, was Gustav mir öfter von Ihnen erzählt, sondern – ich suche nach einem Gleichnis und komme nicht auf das richtige – ja, das ist das zutreffende – mir ist, als wären wir uns wohl einmal begegnet und' hätten uns angesehen, doch ohne zu wissen, wer wir seien, und nun rufen Ihre Worte mir die flüchtig gewahrten Gesichtszüge zurück, geben ihnen lebendige Farbe und Ausdruck. Der Vergleich hinkt natürlich wie alle, denn ich kann mir ja trotzdem von Ihrer äußerlichen Erscheinung keine Vorstellung machen, aber die wenigen Briefseiten gestalten ein so deutliches geistiges Bild von Ihnen, daß es mir nicht Zweifel läßt, ich würde auch Ihr körperliches damit zusammenstimmend finden. Freilich mußte ich ja längst schon von Ihrem Werte überzeugt sein, da Sie in dem Freundeskreise Gustavs die erste Stelle einnehmen, und wenn er in seiner sanguinischen Natur auch manchmal komische Ideen hat, so kann ich mich doch sicher darauf verlassen, daß seine Zuneigung eine Bürgschaft für edle und höhere Sinnesart eines Menschen bildet. Man schließt ja immer im letzten Grunde doch nach sich selbst, und ich weiß, daß sonst keine wahrhafte Freundschaft entsteht.

Verzeihen Sie, wenn ich nichtsdestoweniger an Ihrem Briefe eine kleine Ausstellung zu machen habe, für die ich noch um eine kurze Verbesserung bitte. Sie betrifft einen praktischen Punkt, der einen nur zu vorübergehendem Aufenthalt in einem Gasthof einkehrenden Herrn wenig berührt, für uns Frauen aber bei länger andauernder Einquartierung von Gewichtigkeit ist. Wir brauchen notwendig drei Zimmer, und ein viertes, wenn auch kleines, wäre sehr erwünscht, um uns wechselseitig vollständige Freiheit zu ermöglichen. Falls Sie glauben, daß wir uns darauf Rechnung machen dürfen, werde ich an den Wirt schreiben, da nach Ihrer Darstellung der Ort selbst ja aufs vollkommenste allen Erfordernissen entspricht. Es ist allerdings etwas unbescheiden, Ihnen nochmals eine Bemühung zuzumuten, aber ich hoffe, oder vielmehr, ich habe erfahren, Sie übertragen einen kleinen Teil Ihrer Freundschaft für Gustav – die ja nach ihrer Natur opferwillig ist – auch auf seine dankbar grüßende Schwester

Magdalene Romwald.«

Richard Zumsteg ließ den Blick noch einmal über die erste Seite des Briefes hingleiten und äußerte halblaut »Eine Handschrift von Eigenart; für solche, die daraus Wesen und Charakter des Schreibers herauslesen zu können glauben, jedenfalls von vornherein günstig einnehmend.«

In der Tat war die Schrift in ihrer Deutlichkeit sehr ansprechend, ohne dabei an eine kalligraphische Musterleistung zu erinnern; Natürliches, Ungezwungenes, Freies sah aus ihr auf. Sie besaß nicht das Dünne und Charakterlose der meisten von weiblicher Hand herstammenden Buchstaben, sondern sichere Ausprägung mit einer Zierlichkeit verbunden, welche sie doch auf den ersten Blick keinem Manne zuschreiben ließ. Die Bemessung der Eigenschaften eines Menschen nach seiner Handschrift bildete einen Unsinn oder eine schwindelhafte Spekulation auf Eitelkeit und Neugier, aber ein gewisses Allgemeines konnte man doch Wohl, besonders aus derartigen klaren und individuellen Schriftzügen entnehmen.

Auch der Inhalt und der Stil gefielen dem nochmals Lesenden. Es stellte eine ungekünstelt einfache, freundliche Erwiderung auf seinen Brief dar; ein junges Mädchen, das die Schwester seines nächsten Freundes war, antwortete darin und vermochte es nicht angemessener zu tun. So wenig Raum die Entgegnung einnahm, gaben sich unzweifelhaft Bildung und seiner Sinn darin kund. Ja, mehr als das, ein aus sich selbst herausschöpfendes poetisches Empfinden; das von ihr angewandte Gleichnis war recht. bezeichnend gewählt. Es kam so im Leben vor; man hatte ein Gesicht gesehen, doch zu flüchtig, vielleicht in zu mangelhafter Beleuchtung, und es zerging mit Ungewissen Umrissen bei dem Versuch, es sich zur Vorstellung zu bringen. Doch durch eine Gedächtnisregung konnte das Unsichere plötzlich feste Gestaltung, das Schattenhafte volles, wirkliches Leben gewinnen. Irgend etwas, vielleicht unbedeutend-nebensächlicher Art, das aber in einem Zusammenhange mit der betreffenden Persönlichkeit gewesen, war imstande, solche »Auslösung im Gehirn«, wie die Physiologen es nannten, zu bewerkstelligen, so daß sich das verblaßt aus der Erinnerung beinahe Weggeschwundene greifbar vor den Augen verlebendigte. Ein Geräusch, eine Lichtwirkung, ein Windhauch, ein besonderer Geruch, ein völlig Unbewußtes konnte dies veranlassen, und dann ließ das Aufgeweckte sich nicht mehr abweisen, war aus seiner Verdämmerung hervorgetreten und betätigte gewissermaßen eine erlangte Willenskraft, sich überall, auch ins hellste Sonnenlicht einzudrängen, mit redenden Zügen und anblickenden Augen dazustehen. So freilich verhielt es sich mit dem von Madlene Romwald gebrauchten Gleichnis ja nicht, da kein wirkliches Wahrnehmen mit dem Gesicht vorher je stattgefunden hatte; Zumsteg besann sich, es war nur ein Weiterspinnen des von ihr angeregten Gedankens, ein Belegen desselben durch eine ähnliche Erfahrung gewesen. Er fuhr in dein nochmaligen Lesen ihres Briefes fort. Sie verlangte für ihren Aufenthalt in dem Schwarzwaldgasthof drei Zimmer, wünschte indes womöglich vier. Selbstverständlich konnte sie sich nicht allein dorthin begeben, doch natürlich auch wollte sie mit ihrem Elefanten nicht nur ihr Schlafgemach, sondern ebenso ihre Wohnstube nicht teilen, sich bis auf die gemeinsamen Mahlzeiten ganz von der alten

Schachtel absondern können. Das war ein aus ihrer Natur hervorgehendes Bedürfnis, ließ sich von vornherein bei ihr voraussetzen.

Aber eine Stelle des Briefes besaß Merkwürdiges:»Und wenn er in seiner sanguinischen Natur auch manchmal komische Ideen hat –
«

Das stand nicht absichtslos da, besagte offenbar, daß Madlene Romwald ebenfalls von den Wünschen und dem stillen Trachten ihres Bruders wußte. Sie wollte nicht unangedeutet lassen, ihr Denken befinde sich in keinerlei Zusammenhange damit, und sprach deshalb leicht vorübergehend von zeitweiligen»komischen Ideen« Gustavs. In diesem Unbestimmten und doch Verständlichen lag zugleich weibliche Zartheit und Klugheit.

Oder verfolgten die kurzen Worte einen tiefergreifenden Zweck, beabsichtigten etwa, eine mögliche Annahme, sie könne überhaupt je eine Neigung für die Pläne ihres Bruders gewinnen *a limine* abzuweisen, und drückten aus, ein solcher Gedanke übe auf sie eine nur»komische« Wirkung? Eigentümlich folgte jedenfalls der Satz über»wahrhafte Freundschaft« gleich hinterdrein.

Nun, ein junges Mädchen war gewiß dazu berechtigt, sich gegen eine Verfügung über ihren Willen und Vergebung ihrer Hand an einen ihr völlig Unbekannten zu verwahren; auch das erweckte im Grunde Sympathie für sie. Doch so schroff hätte sie es ja nicht gerade abzulehnen gebraucht; dem Lesenden gestaltete sich immer deutlicher, daß diese Absicht darin lag. Sie mußte also annehmen – wahrscheinlich durch seinen vierseitigen Brief bestärkt – bei ihm könne die»komische Idee« Eingang gefunden haben, und erteilte ihm eine Zurechtweisung, sich nicht von Eitelkeit verleiten zu lassen, als sei etwa seine Bereitwilligkeit, sie zur Frau zu nehmen, ausschlaggebend.

So konnte die weibliche Klugheit doch sehr auf Irrwege geraten und durch Betonung von etwas durchaus überflüssigem eigentlich das Zartgefühl verletzen. Das verdiente eine kleine verständliche Rückäußerung; der Brief erheischte durch seine letzte praktische Anfrage eine Antwort, und Zumsteg setzte sich sofort zu ihrer Erteilung nieder. Einen Augenblick besann er sich über die passendste Anrede, dann schrieb er:

»Liebe Freundin.

So darf ich Sie wohl nach Ihrer Zuschrift an mich in Verbindung mit dem zwischen Gustav und mir bestehenden Verhältnis benennen. Es ist ja danach selbstverständlich, daß ich die Anteilnahme einer auch von Ihnen erwähnten aufrichtigen Freundschaft für Sie und den Wunsch hege, zu einer Förderung Ihrer Gesundheit, was in meinen schwachen Kräften steht, beizutragen. Das veranlasse mich zu meinem direkten Brief an Sie, in welchem ich etwas überflüssig viel von nicht zur Sache gehörigen Dingen, vielleicht auch von mir selbst gesprochen haben mag, und um Ihnen keinen schlechten Begriff von meinen geschäftlichen Fähigkeiten beizubringen, will ich mich heute knapp auf die betreffende »praktische« Angelegenheit beschränken. Nach meinem Dafürhalten werden Sie sich um die gegenwärtige Jahreszeit als einzige Gäste in dem Gasthof befinden und völlig frei über die Zimmer verfügen können, die er in der von Ihnen erwünschten Anzahl besitzt. Ungestörter Ruhe können Sie sich nirgendwo besser versichert halten. Falls nicht Ihr Bruder sich doch noch entschließen sollte, seiner von mir nicht geteilten Liebhaberei für Anemonen und Himmelsschlüssel durch eine kurze Unterbrechung seiner Geschäfte Genüge zu tun, so werden Sie unbedingt durch keinen lästigen Besuch in Ihrer Schwarzwaldstille beeinträchtigt werden.

Erlauben Sie mir noch beizufügen, liebe Freundin, daß ich Ihnen sehr dankbar für die günstige Beurteilung bin, die Sie mir nach meinem neulichen Geschreibsel zuteil werden lassen. Daß es nicht in meiner Absicht lag, eine solche von Ihnen herauszufordern, bedarf hoffentlich nicht der Erwähnung; Sie werden den Freund Ihres Bruders nicht im Verdacht solcher Eitelkeit halten. Im Gegenteil bitte ich Sie, Ihre etwas schnell gefaßte gute Meinung von mir nicht zu stark zu befestigen und als überall zutreffend zu betrachten. Ich verdiene sie in mancher Richtung keineswegs – Offenheit ist ja unter Freunden geboten – und ich könnte Ihnen dies Selbstbekenntnis durch einen Beleg bewahrheiten, der gerade vor dem Richtspruch einer jungen Dame erheblich zu einer Umänderung Ihres Urteils über mich beitragen würde.«

Der Schreiber hielt inne und murmelte:»Das, denke ich, reicht hin, ihr auch meine Auffassung der ›komischen Idee‹ klarzumachen.«

Der letzte Satz war ihm etwas rasch und unvorbedacht aus der Feder geflossen, hatte allerdings seinem Zweck gedient, aber stand ein wenig wunderlich da. Seinem Urheber tauchte die Vorstellung auf, Madlene Romwald könne einmal durch irgendeinen Zufall doch persönlich mit ihm zusammentreffen und nach der Bedeutung jener unverständlichen Selbstbeschuldigung fragen. Dieser Gedanke ließ ihm unwillkürlich eine leichte Röte in die Schläfe aufsteigen; er konnte den Satz doch nicht so unvermittelt als Abschluß des Briefes stehen lassen, nahm rasch die Feder wieder und fügte nach:

»Allerdings betrifft der hierin gegen mich erhobene Vorwurf eine Handlung aus schon weit abgelegener Zeit, d. h. aus noch sehr jugendlicher Periode meines Lebens und einem Augenblick des durch besondere Umstände wider eine Erlahmung der eigenen ehrlichen Willenskraft von einer Übermacht Fortgerissenseins. Ich hätte diese Verschuldung, das Geschehene später zu sühnen gesucht, würde noch heut' ebenso danach trachten, wenn es mir möglich gefallen wäre. Aber alle meine Bemühungen, die Persönlichkeit, der ich das Unrecht zugefügt, wieder ausfindig zu machen, waren vergeblich; nur die Stelle, wo ich es begangen, fand ich wieder auf, und jedenfalls hätte keine Sühne so schwer ausfallen können, als die Reue, welche mich über meine Tat bis zum heutigen Tag – nicht abnehmend, ich möchte fast sagen, sich von Jahr zu Jahr steigernd – verfolgt.«

Zumsteg machte abermals eine Pause und überflog das zuletzt Angefügte. Eine so ausführliche Mitteilung, Rechtfertigung oder wie man es nennen wollte, war allerdings abermals etwas überflüssig gewesen und hatte wiederum ein wenig Absonderliches. Aber es stand einmal hingeschrieben, widerlegte den Verdacht, den er durch das Vorausgegangene bei der Schwester seines Freundes hätte erwecken müssen, daß er sich als einen ganz nichtsnutzigen Menschen bezeichne, und es blieb ja gleichgültig, was für Vermutungen und Gedanken sie sich über das undeutlich Angedeutete gestalten mochte; wahrscheinlich dachte sie überhaupt gar nicht darüber nach. Außerdem diente ihm das Ganze zu eigener Befriedigung, da es genau der Wahrheit entsprach. Etwas Beschwichtigendes kam daraus, daß er es sich selbst einmal klar ausgesprochen, nicht scheu von seinem daran Gedenken abgewiesen, sondern sich unverhohlen bekräftigt hatte. Eine Schuld ward dadurch freilich nicht gebüßt, doch ihr offenes Selbstbekenntnis trug wenigstens etwas zu einer Erleichterung von ihrem Gewissensdruck bei. Zumal da es auch voll auf Tatsächlichkeit beruhte, daß er nicht imstande gewesen war, die Verirrung einer unglücklichen, oder das bot nicht das richtige Wort, einer ihn anklagenden beherrschungslosen Stunde wieder gutzumachen. Er dachte nach; alles, was er zu solchem Zweck, nachdem er zur klaren Erkenntnis seines Unrechts gekommen, aufzubieten Macht besessen, hatte er nicht einmal, sondern wiederholt angewandt. Aber er hätte zuletzt fast auf den Gedanken geraten können, von seiner Verschuldung nur einbildnerisch geträumt zu haben, wenn er nicht genau Ort und Stelle ihres ehemaligen Geschehens wieder erkannt. Die schwiegen jedoch, wie alles umher, auf seine Frage; er konnte ihnen keine Antwort abzwingen, wessen Verzeihung zu erbitten, oder wem einen Schädigungsersatz darzubieten die innere Stimme ihn reumütig antreibe. Auch ›reumütig‹ war nicht das treffende Wort; Reue entsprang dem Gewissen, und an seinem Suchen und Trachten war – wenn er es sich auch lange nicht eingestehen gewollt – heimlich noch etwas anderes mitbeteiligt. Und er fühlte manchmal, das eigentlich sei's, was ihm den Wegwart in deutschen Landen unleidlich machte, ihn zum Loswerden der nutzlos quälenden Erinnerung in die Fremde, unter die Umgebung anderer Natur und anderer Menschensprache davontreibe.

Ja so, er mußte seiner Erwiderung ja noch den Schluß anfügen, und tauchte die Feder neu ein. Doch wie er sie ansetzte, berührte ihn ein eigentümlicher Geruch, dessen Herstammung er sich nicht erklären konnte. Es war, als ob ein Anhauch ihm einen leisen Veilchenduft vorübergetragen. Das fiel nicht möglich, denn seine Fenster standen festgeschlossen und außerdem wuchsen auf der Großstadtstraße draußen sicherlich keine Frühlingsblumen. Aber vorhanden war der Duft, kam wieder aus der nämlichen Richtung her, und zwar von dem Briefe Madlene Romwalds herauf. Mechanisch nahm er das Blatt auf; da blieb kein Zweifel, daß der feine Geruch von diesem herrühre. Zumsteg war gegen ihn außerordentlich empfindlich; ein Veilchenstrauß mußte auf dem Briefbogen gelegen haben oder irgendwie mit ihm zusammengekommen sein und hauchte die Erinnerung daran hier noch von dem Papier aus.

»Haben Sie schon Treibhausveilchen in Hamburg?«

Er glaubte, diese Frage nur gedacht oder halb vor sich hingesprochen zu haben, allein statt dessen stand sie, unwillkürlich auch von seiner Hand niedergeschrieben, vor ihm auf dem Blatt. Allerdings recht kurios unvermittelt gleich hinter seiner verwunderlichen Selbstbeschuldigung und Rechtfertigung; gänzlich bedachtlos. Der Brief ließ sich so gar nicht abschicken; er machte eine Bewegung, ihn zu zerreißen. Aber dann mußte er einen neuen schreiben, wozu es ihm durchaus an Lust gebrach. Jedenfalls bedurfte die zusammenhanglos angefügte Veilchenfrage einer Erklärung; ärgerlich stand er auf und ging im Zimmer hin und wieder. Ans Fenster tretend, blickte er hinaus; draußen rollte blitzschnell eine vornehme Equipage vorüber, unter den Hufeisen der beiden schwarzen Pferde stoben rote Funken aus den Pflastersteinen Sich an den Schreibtisch zurückbegebend, nahm er mechanisch den Brief Madlene Romwalds und roch nochmals daran. Unverkennbar, es war Veilchenduft.

Er hatte von früher Jugend auf manchmal den Antrieb in sich gefühlt, ihm kommende Gedanken oder Empfindungen in Verse zu kleiden und festzuhalten; seine Schublade enthielt eine beträchtliche Anzahl solcher Gedächtnisblätter. Ohne daß er recht wußte, warum, war die Stimmung dazu augenblicklich über ihn geraten; er beharrte noch eine Weile bei seinem Auf- und Abwandern, dann setzte er sich wieder an den Tisch und schrieb unter den letzten Satz seines Briefes:

»Wie sich aus nächtiger Wolkenstufe
Zuweilen löst ein jäher Schein,
Wie unter eines Rappen Hufe
Die Funken sprühen aus dem Stein,
So plötzlich aus dem tiefen Dunkel,
Das über die Erinnrung fiel,
Zuckt auf ein leuchtendes Gefunkel
Mit seinem Zauberflammenspiel.

Ein Rauschen war's im Laub des Baumes,
Das Flimmern eines Sonnenlichts,
Ein Blütenduft des Gartensaumes,
Ein Schattenwurf, ein Hauch, ein Nichts –
Und dennoch alles läßt's vergehen,
Was um dich ist, mit jähem Schlag,
Und eine Welt dir auferstehen,
Die still in dir begraben lag –

Das mag Ihnen, liebes Fräulein Madlene, zu einer Erläuterung dienen, wie die plötzliche Frage nach Ihren Hamburger Treibhäusern auf dies Blatt gekommen ist. Aus Ihrem Brief wehte mich auf einmal ein Veilchenduft an und vollbrachte bei mir die in den Reimzeilen ausgesprochene Wirkung. Ich will Sie jetzt nicht länger belästigen, sondern mit dem Wunsch schließen, daß der Ihnen von mir anempfohlene Schwarzwaldort Ihrer Erwartung völlig Genüge leisten möge. Gustav würde mir jedenfalls seinen Gruß an Sie auftragen, doch er steckt in einer wichtigen Geschäftssache und ich habe ihn seit vorgestern nicht gesehen. So muß ich Sie bitten, statt des brüderlichen Grußes mit dem freundschaftlichen vorlieb zu nehmen.

Richard Zumsteg.«

Der Schreiber schloß den Brief, versah ihn mit der Adresse und streckte die Hand nach demjenigen Madlene Romwalds, um ihn in sein Schubfach zu legen. Zuvor indes bewegte er ihn noch einmal gegen sein Gesicht. Er hatte sich doch getäuscht, der Veilchengeruch besaß im Grunde nichts Unangenehmes, oder es mußte mit seiner Sinnesempfänglichkeit dafür eine Veränderung vorgegangen sein. Der Duft versetzte ihn in die Natur hinaus, in Sonnenschein an stillen Waldrändern und Feldrainen. Die Schwester seines Freundes hatte wohl recht, daß es dort anmutender sei, als inmitten der Steingrube einer großen Stadt. Er trat nochmals ans Fenster; an dem Dach gegenüber begann wieder leise der in der Nacht aufs neue gefrorene Schnee zu tauen und in einzelnen glänzenden Tropfen herunterzufallen. Eine Vorbotschaft war es, ein Gruß aus der Ferne; aber bis der Frühling vom Süden her wirklich nach Berlin heraufkommen werde, vergingen fraglos noch manche Wochen.

»Ein kurioser Mensch,« sagte Fräulein Madlene Romwald in ihrem hübsch eingerichteten Wohnzimmer in Hamburg vor sich hin.

Die Worte bezogen sich auf den Doktor Richard Zumsteg, dessen eben gelesenen zweiten Brief sie in der Hand hielt, in der linken, denn sie hatte sich durch eine Unvorsichtigkeit die rechte etwas verstaucht und mußte diese in einer Binde tragen.

Unverkennbar war eine Ähnlichkeit mit ihrem Bruder bei ihr vorhanden; ein mit den Zügen des letzteren genauer Vertrauter mußte sie sogleich in den ihrigen wiederfinden und auf die Vermutung geraten, seine Schwester vor sich zu haben. Doch sie bildete eine weiblich verfeinerte Wiedergabe von ihm und besaß ohne Frage sehr Einnehmendes im Gesicht und Wesen; man sah ihrer noch etwas zarten Farbe an, daß nicht ohne Grund Besorgnis für ihre Gesundheit gehegt worden sein mochte, aber zugleich flößte ihr Anblick doch auch ein beruhigendes Gefühl fortschreitender Kräftigung ein, ließ eine Gefahr, wenn solche längere Zeit bestanden, jetzt als glücklich überwunden erkennen. Sie hatte den ersten Eindruck, den der Brief ihr verursacht, in ein paar lautgesprochene Worte gefaßt; die Vorstellungen, welche er ihr weiter erregte, fügte sie nur in Gedanken daran:

Wirklich ein merkwürdig konfuses Schriftstück, halb wie bei wachem Denken und halb wie im Traum geschrieben. Was soll es denn eigentlich bedeuten und was will es? Ich glaube, er meint, ich sei mit dem Wunsch meines Bruders im Einverständnis, meine Anfrage wegen des Schwarzwaldaufenthalts und meine Erwiderung auf seinen Brief hätten den Zweck gehabt, eine persönliche Anknüpfung mit ihm herzustellen. Du lieber Himmel, es geht doch wenig über männliche Eitelkeit! Dagegen sind wir Frauen wahrhaftig armselige Stümperinnen. Aber offenbar hält der Herr Doktor für angemessen, mir zu verstehen zu geben, daß ich mir keine Hoffnung machen solle. Das heißt, im Anfang des Briefes; die andere Hälfte begreife, wer mag und kann, denn mir scheint, daß sie hinterdrein gerad' das Gegenteil tut und sagt, als hätte meine Wenigkeit absichtslos brieflich dennoch einen Eindruck geübt, auf den ich eigentlich stolz sein müßte. Undankbarerweise leider bin ich's nicht, sondern lache darüber. Ein drolliges Verfahren, erst sich selbst schlecht zu machen und dann eine Begründung nachzuschicken, weshalb er doch nicht so übel sei. Ob er sich einmal an einem silbernen Löffel vergriffen haben mag, auf den ein anderer mehr Eigentumsrecht besaß? Der komische Brief bringt wirklich auf solche Einfälle, und wenn er nicht Gustavs bester Freund wäre, könnte man Gott weiß was glauben, wofür er von Rechts wegen ins Zuchthaus gehörte. Und dann auf einmal die Verse, die mich übrigens sonst nicht überraschen, denn ich weiß ja von Gustav, daß ein Stückchen von einem Poeten in ihm steckt. Aber sie gemahnen wieder ganz an den Schreiber des ersten Briefes und sprechen etwas aus, das ich auch kenne und schon manchmal empfunden habe. Danach würde Richard Zumsteg mir unbekannterweise schon gefallen – wenn derartiges bei mir noch Platz finden könnte. Nur welche Schrulle ist das wieder, »daß er die Liebhaberei meines Bruders für Anemonen und Himmelsschlüssel nicht teilt?« Man sollte denken, das sei mit einem poetischen Empfinden ganz unvereinbar; mir knüpft sich an nichts in der Welt lieblichere Erinnerung, als an den dämmernden, goldig und weiß durchstickten Frühlingswald –

Madlene Romwald legte kurz die Hand über die Augen, als suche sie sich etwas recht lebendig ins Gedächtnis und in die Vorstellung zu rufen; dann sah sie freudig auf, ließ danach den Blick nochmals über die Verse des Blattes niedergleiten und fragte kopfschüttelnd vor sich hin: »Doch was für eine Dichter- oder Nasenphantasie hat ihm den Duft vorgegaukelt? Wie sollten denn Veilchen zu meinem Brief gekommen sein? Ich habe in diesem Jahr noch kein einziges gesehen.«

Sollte sie auf diese Rückantwort noch einmal wieder entgegnen? Eigentlich war das überflüssig und konnte vielleicht eine irrige Meinung bei dem Empfänger noch mehr bestärken. Doch ließ sich dies durch lakonische Kürze der Erwiderung vermeiden, die sich auf den doch immerhin gebührenden Dank und die Beifügung beschränkte, daß sie auf die letzte freundliche Auskunftserteilung hin die Zimmer bei dem Gasthofswirt mieten werde. Madlene drehte den Kopf und rief laut gegen die Tür eines anstoßenden Gemaches hinüber: »Hada!« Da keine Antwort erfolgte, stand sie auf und zog an der Glockenschnur. Nun trat ein sehr niedliches und sauber gekleidetes Dienstmädchen herein, und ihre junge Herrin frug: »Ist Fräulein Hedwig nicht zu Hause?« – »Nein, Fräulein Hedwig ist vor einer halben Stunde ausgegangen,« versetzte die Befragte. Madlene nickte: »So sagen Sie mir, wenn sie zurückkommt.« Ihre Augen hafteten gedankenlos auf der vor ihr Stehenden und sie setzte überrascht hinzu:»Haben Sie da schon Veilchen, Lene?«Die Genannte trug ein kleines, halbwelkes blaues Sträußchen an den Rand ihrer weißen, bis über die Brustmitte heraufgefältelten Schürze gesteckt und erwiderte:»Ja, ich sah's vorhin am Boden vor der Haustür liegen und fand schade, daß es umkommen sollte.«Sie ging; Madlene Romwald trat ans Fenster und sagte, in die Sonne draußen hinausblickend:»Veilchen – wie lange wird es hier noch dauern, bis man sie im Freien suchen kann, und im Schwarzwald fangen sie gewiß schon an zu blühen. Wir wollen wirklich noch heut' an den Wirt schreiben. Ja, welche Erinnerungen solche kleine Blüten aufwecken können und ein großes Menschenkind übermächtig hinausdrängen, sie wieder in einsamer Waldstille zu durchleben. Wie sagt der kuriose Herr Poet? ›Ein leuchtendes Gefunkel mit fernem Zauberflammenspiel – und eine Welt dir auferstehen, die still in dir begraben lag!‹ Das ist eigentlich mir aus dem Herzen herausgesprochen; ich möcht' ihn doch einmal sehen. Wie schön und glücklich ist's, sich gesund zu fühlen und in den Frühling zu gehen!«

Nun hielt Richard Zumsteg abermals einen Brief aus Hamburg in Händen, dessen Handschrift er sogleich in der Adresse erkannte. Diese zeigte die nämlichen charaktervollen und doch zierlichen Buchstaben, die ihn schon beim ersten Erblicken höchst sympathisch berührt hatten. Eigentlich war durch die Schrift wesentlich das Interesse erweckt worden, das er damals an dem Briefe genommen.

Schlug das Herz ihm ein bißchen schneller? Was entgegnete Madlene Romwald wohl auf sein – wie er nachträglich empfunden – sehr merkwürdiges und unverständlich kunterbuntes Schreiben? Wahrscheinlich nur wenige, höflich dankende Worte mit Beifügung einer kleinen – und nicht unverdienten – sarkastischen Bemerkung. Es war ihm unangenehm, daß er in so einfältiger Weise geschrieben hatte, aber das ließ sich jetzt nicht mehr ändern, er öffnete das Kuvert und las:

»Lieber Herr Doktor!

Haben Sie besten Dank für Ihre nochmalige Antwortsbemühung. Ich werde daraufhin die Angelegenheit sofort mit dem Wirt in Ordnung bringen und freue mich sehr darauf, schon in den nächsten Tagen selbst bei ihm einzukehren.«

Richtig, das waren genau die paar höflichen Dankesworte, wie er sie erwartet hatte. Danach folgte jetzt noch die kleine sarkastische Schlußwendung, zu seiner Überraschung allerdings etwas länger, als er gedacht, denn sie erstreckte sich noch bis auf die andere Briefseite. Offenbar eine Medizin, um sicher zu wirken, in stärkerer Dosis verschrieben. Die Neigung trieb ihn, sich den höchstens leicht mit Zucker versetzten unangenehmen Geschmack zu ersparen. Aber er hatte verdient, die Pille schlucken zu müssen, und las weiter:

»Ihr Brief hat mich so wundersam berührt, daß ich es nicht unterlassen kann, Ihnen dies noch beizufügen. Ich bin nicht imstande, zu sagen, was eigentlich die besondere Wirkung in mir hervorgerufen – wie es in Ihrem Gedicht steht: Ein Rauschen im Laub, ein Sonnenlichtgeflimmer, ein Blütenduft, ein Hauch, ein Nichts. Aber es ist daraus auch über mich mit dem vollen Aufleben einer Erinnerung gekommen, unsagbar lieblich, und bitter das Herz zerreißend – ich weiß nicht, ob ich Ihnen dafür danken oder Sie darum hassen soll. Das ist ein törichtes Wort, Sie kennen mich ja nicht und haben mir nichts damit antun wollen, weder Gutes noch Böses, sondern nur Ihrem eigenen Fühlen Ausdruck gegeben. So ist's zugleich unverständlich und unverständig, was ich hier geschrieben, doch ich konnte nicht anders; wenn ein Ton einer Saite angeschlagen wird, da klingt eine gleichgestimmte in willenloser Schwingung mit. So ist's auch mit der völlig gleichen Empfindung der Seele oder des Herzens – nein, ich will Ihnen Dank dafür sagen, die Schönheit überwiegt doch den Schmerz. Ich könnte hinzusetzen, daß mich noch anderes in Ihrem Briefe seltsam, unnennbar berührt hat, allein wozu? Sie würden mich doch nicht verstehen können; was bei Ihnen vielleicht, wahrscheinlich nur der Ausfluß einer vorübergehenden Stimmung gewesen, ist der tiefste, traurigste Ernst meines Lebens. Unsere Naturen müssen doch sehr Gegensätzliches enthalten, wenn es sich scheinbar auch nur in etwas höchst Geringfügigem äußert. Aber ich freue mich auf nichts so sehr, als Anemonen und Himmelsschlüssel wiederzusehen.

Verzeihen Sie diese Nachschrift, die einen Fremden in nichts interessieren kann; sie drängte sich mir gegen Absicht und Willen auf.

Ich erinnere mich, daß ich bei dem ersten Brief an Sie abgerufen wurde und einen Veilchenstrauß wohl ziemlich lange darauf liegen gelassen; der wird dem Blatte seinen Duft mitgeteilt haben.

Also mit nochmaligem bestem Dank für die von Ihnen ausgewählte, sicherlich gute Unterkunft und mit freundlichem Gruß

Madlene Romwald.«

Richard Zumsteg hatte mit steigernder Verwunderung gelesen, vollständig anderes erwartet gehabt. War das die spöttische Anzüglichkeit, die er durch sein unkluges Schreiben herausgefordert und – er fühlte es jetzt deutlich – etwas gefürchtet hatte?

Er las den Brief zum andernmal. Der war eigentümlich, besaß eigentlich zwei getrennte, völlig verschiedenartige Teile. Im kurzen ersten enthielt er ganz so die knappe Dankäußerung, wie's der Empfänger sich vorher gedacht. Dann aber sprach sich in der Fortsetzung ein tiefempfindendes, im Innersten bewegtes Frauengemüt aus, unverkennbar, wie die Worte es besagten, wider Willen und halb wider Wissen zum Niederschreiben einer wehvollen Klage fortgedrängt. Eine Schleierhülle lag über dem Urquell der letzteren gebreitet, ein undurchsichtiges Gewölk, wie auch sein Brief nur in unverständlicher Andeutung geredet. Aber zweifellos hatten seine Verse den zweiten Teil des Antwortbriefes veranlaßt. Sie waren ein Stab gewesen, der an ein Gestein geschlagen und seltsam die geheime Kraft besessen, daraus unwillkürlich einen Quell hervorspringen zu lassen – einen Quell von verhaltenen Tränen.

So hatte er sich Madlene Romwald nicht gedacht, sich nach der Natur ihres Bruders auch nicht vorstellen können. Dieser mußte selbst nichts von einem tiefen Lebensschmerz seiner Schwester wissen, hatte wenigstens nie mit einem leisesten Wort darauf hingedeutet. Freilich lebten sie ja schon seit einer Reihe von Jahren an verschiedenen Orten, kamen nur selten einmal flüchtig zusammen. Da konnte sich wohl etwas zugetragen haben, das sie verschwiegen in sich barg, von dem ihn keine Ahnung berührte.

Wie die Schrift ihn eigen ansah, noch mehr, noch anders, als von dem ersten Brief. Es zog ihn, seine Hand so auf das Blatt zu legen, wie die der Schreiberin es getan. Ihm war's, als komme daraus noch Wärme von der ihrigen herauf, und ebenso, als hauche ihn wieder Veilchenduft an. Beides beruhte auf Täuschung; das Papier war kühl und mit keinem Veilchen in Berührung gekommen. Aber Sinnesempfindungen wurden nicht allein von außen durch Wirklichkeiten geweckt, vielleicht noch lebhafter, noch »wahrer« von innen, durch die Macht der Einbildung.

Er trat ans Fenster, vor dem immer noch von den Dächern der Schnee herabtaute. Doch die Märzsonne machte offenbar Ernst, mit ihm aufzuräumen, es wollte Frühling werden.

Gab es einen Zufall, der, nach der Anschauung der Alten, ein überschleierter Schicksalswille war?

Und anderseits – was half es denn, in der Selbstquälerei fortzubeharren, sie nach sechs Jahren noch immer in gleicher Weise in sich weiterzutragen? Er hatte alles getan, was das Gewissen, Reue, Ehre, was das Herz ihm geboten, doch es war umsonst gewesen, blieb so bis zum Ende seines Lebens. Sollte er dies um einer verhängnisvollen Stunde willen für alle Zeit, ganz und gar verkümmern lassen?

Und seltsam, kam ihm hier nicht – welches Gleichnis wandte sie an? – dieselbe Schwingung einer Saite entgegen, die in seinem Innern bebte? Eine absichtslose Wechselwirkung war's gewesen, nicht zu sagen, wer sie begonnen, wo der Klang entstanden und von wo der Widerhall gekommen. Es lag darin wie etwas Magisches, mit den gewöhnlichen Sinnen nicht Erfaßbares – wie eine Bestimmung.

Sollte er nochmals wieder auf den Brief Madlene Romwalds antworten? Was vermochte die Feder denn zu sagen? Fragen, welcher Art der bittere Lebenskummer in ihr sei, ob er unheilbar fortbestehen müsse? Das wäre ebenso unzart als töricht von jemandem gehandelt, den sie nie mit Augen gesehen.

Die glänzenden Diamanttropfen fielen immer rascher und dichter vom Dach herunter, und Richard Zumsteg stand, leise mit den Fingern auf der Scheibe spielend, und blickte auf das von der Sonne mit dem Winterschnee betriebene Frühlingsspiel hinaus.

Der Rechtsanwalt Gustav Romwald hatte sich fast acht Tage lang redlich abgemüht, in das Mysterium des Wertunterschiedes zwischen Gerstenbeize und Lohbrühe einzudringen, so daß er zuletzt überall auch einen besonderen Geruch um sich zu verspüren glaubte, doch nicht von Veilchen, sondern von gegerbten Rindshäuten. Nun aber hatte er seine Akten mit glanzvollster Beweisführung für das von jeder wissenschaftlichen Koryphäe Europas als unzweifelhaft anerkannte Recht seines Klienten geschlossen, überließ das weitere vertrauensvoll der höchsten Weisheit des von der Vorsehung und vom Staate für solche tiefgreifende Entscheidungen mit dem Amt und dem Verstande ausgestatteten Zivilsachenrichters und fühlte vor der Hand ein außerordentliches Verlangen, sich in anderen Vorstellungen als Gerbereien und zwischen anders als Müller und Schulze benannten Leuten zu ergehen. Im Begriff, mit sich darüber zu ratschlagen, auf welche Weise er diesen Trieb am ausgiebigsten befriedige, erhielt er einen Brief von seiner Schwester, der ihm ihre Abreise nach dem Schwarzwald anzeigte und bereits aus der Stadt Hannover datiert war. Daneben aber befand sich kurz noch eine andere Mitteilung, die ihn in sprachlosem Erstaunen auf das Blatt sehen und in Ungewißheit ließ, ob er Freude oder Verdruß darüber empfinde. Wenigstens mischte sich ihm beides ineinander; nach einigem Besinnen nahm er Mantel und Hut und begab sich mechanisch zur Wohnung seines Freundes Zumsteg. Was er bei diesem wollte oder vielmehr ihm zu sagen beabsichtigte, hatte er sich nicht klar gemacht, doch fand er sich bei seiner Ankunft unerwartet auch der Nötigung dazu überhoben. Die Stubentür des jungen *Dr. juris* stand weit offen, denn ein häuslicher Scheuergeist benutzte die Abwesenheit des Bewohners, eine Überschwemmung auf dem Fußboden anzurichten, reckte den nicht gerade elfenhaften Kopf zwischen Wasserkübel und Schrubbürste auf und beantwortete eine Frage des Eintretenden dahin, Herr Zumsteg habe gestern zum Glück plötzlich eine längere Reise unternommen, und nun könne hier doch gottlob endlich einmal geschehen, was Rechtens sei. Solche Junggesellenwirtschaft sei ja ein leibhaftiges Sodom und Gomorra, über das sonst eine Sündflut hereinbrechen müsse. Damit platschte die mit der alttestamentlichen Chronologie, wie es schien, ein wenig unbekümmert Umspringende den Inhalt ihres Kübels gegen Romwald um, daß eine seifenschaumige Sturzwelle seine Füße zu verschlingen drohte und er sich seinerseits auch nur durch einen Sprung aus der Sündflut zu retten vermochte. Der letztere brachte ihn an den Schreibtisch Zumstegs, und sein darüber hinfallender Blick ließ ihn die Hand nach einem daraufliegenden, den

Poststempel Hamburg tragenden Brief ausstrecken. Vielleicht befand sich darin noch irgend ein Kommentar zu der überraschenden Nachricht, die er eben von seiner Schwester erhalten. Doch es war nur ein leeres Kuvert, das er außerdem schon wieder hingelegt, da der zweite Blick ihn belehrt hatte, daß es eine fremde Handschrift, nicht die Marlenes trage. So erkundigte er sich noch bei dem Wasserungeheuer, wohin Zumsteg gereist sein möge und wie lange er wohl fortbleibe; aber darüber wußte die auf den Knien am Boden Rudernde oder Schwimmende keine weitere Auskunft zu geben, als:»Wenn's trocken ist, kann er wieder kommen,« und mit einem abermaligen Turnersprung über die chaotischen Schaumwellen an die Tür zurückflüchtend, verließ der junge Anwalt das Haus des Schreckens.

»O Schwarzwald! Ihr Halden, ihr sonnigen Höhn,
Ihr heimlichen Tiefen, wie seid ihr so schön!
Wie steigen so trotzig die Tannen hinauf!
Wie wandern die Wasser in rauschendem Lauf!

Die Matten so grün und die Felsen so grau,
Und drüber die Wolken so leuchtend im Blau!
Es schweift in die Weiten der freudige Sinn,
Es schwebt wie auf Schwingen die Seele dahin.

Und drunten im Tale am schimmernden Bach
Ein flimmerndes Türmchen, ein trauliches Dach –
Es lacht ob der Wirtstür als goldnes Symbol
Die schaukelnde Sonne: Hier rastet sich's wohl!«

Richard Zumsteg war's, der die Verse in den blauen Märztag vor sich hinsummte. Das Abwarten der Frühlingseinkehr in Berlin hatte ihm zu lange gedauert und er befand sich im Schwarzwald. Hier traf er alles so an, wie er sich's gedacht; wohl steckten die Bergkuppen und selbst tief herab die Waldlehnen noch dicht in ihren weißen Winterkleidern, doch darunter beschäftigten sich die Tieftäler, wo sie gegen Nord und Ost Deckung besaßen, mit der Anlegung ihres Lenzgewandes, bestickten dies schon da und dort emsig mit blauem, goldgelbem, weißrötlichem Blütenputz. Es konnte nicht wundernehmen, die Luft umgab so lind, in der Sonne fast schon heiß, und das erste junge Leben am Bodengrund wollte sich nicht mehr zurückhalten lassen. Auch in den Lüften gaukelte es bereits blumengleich, Zitronenfalter und rotblitzende »kleine Füchse«. Nur das Laubgezweig stand noch völlig kahl und gemahnte, es sei erst März, nicht Mai.

Aber der Gegensatz war groß, in den Zumsteg sich innerhalb eines Tages und einer Nacht aus der norddeutschen Ebene an den Oberrhein versetzt hatte. Es war ihm plötzlich gekommen, so daß er um ein paar Stunden später im Eisenbahnwagen gesessen; nun sah man, er befand sich nicht in fremder Welt hier, kannte Weg und Weise des Tals, in das er zu Fuß hineingewandert. Er verfolgte es aufwärts, schlendernd, die Zeit verbringend. Darin bestand der Zweck seines Hierseins, umherschweifend die warme, köstliche Luft zu atmen; ab und zu pflückte er am stillsonnigen Rain sich Veilchen und roch im Weitergehen daran. Den Abend und die Nacht verbrachte er in einem Dorfgasthaus, fragte am nächsten Morgen den Wirt, ob man wohl über den Bergkamm nach Süden in das parallellaufende Nachbartal hinüberkommen könne. Der Befragte riet ab, droben werde noch ziemlich tiefer Schnee liegen, und Zumsteg erwiderte, das vermute er auch, so sei's wohl besser, davon abzustehen. Er trat den Rückweg talwärts an; was er suchte, fand er ja auch so, hier ebensowohl wie drüben. Doch eine Viertelstunde unterhalb des Dorfes hielt er kurz an und stieg darauf dennoch rasch, ohne Besinnen, gegen die Bergwand empor. Auf dem abzweigenden Fußweg war er schon einmal früher gegangen; was lag denn daran, wenn er etwas in Schnee geriet? Ein Wanderer zog doch vor, in anderem Tal wieder zur Rheinebene hinunterzukehren, als in dem gestern schon durchschrittenen. So ließ er sich durch Geröll und Geriesel auf dem Pfad nicht anfechten, dann ebensowenig durch den in der Tat stellenweise noch recht tüchtig aufgestaffelten Schnee. Selbst dieser war hier doch ganz anders als in den Straßen von Berlin, man brach ohne Mißmut in ihn hinein und arbeitete sich wieder heraus. Zu lange dauerte es außerdem nicht damit, der Höhenkamm besaß einen nur schmalen Grat, und drüben an der Südseite hatte die Sonne schon tüchtig mit der weißen Decke aufgeräumt. Wo eine Quelle, von frischem Grün umfaßt, aus der Erde brach, flammte bereits eine große goldene Bachranunkel auf, »Auch eine Sonne,« sagte Richard Zumsteg. Er blieb einen Augenblick stehen und sah vor sich in das jetzt unter ihm hingewundene jenseitige Tal hinab. Eine Hauskapelle mit einem kleinen Türmchen flimmerte herauf, daneben ein breit hingelagertes behagliches Schindeldach, zu dem der Weg sich hinunterschlängelte; der Absteigende mußte daran vorüber. Ein ländlicher, doch großgeräumiger, Vertrauen einflößender Gasthof war's, über dessen Tür als Wirtsschild eine strahlenwerfende goldene oder vielmehr messingene Sonne in der wirklichen funkelte. Drunter stand der Sonnenwirt, hielt die Augen musternd auf den Ankömmling verwandt, riß plötzlich erfreut seine Mütze vom Kopf und rief:»San S' willkomme, Herr Doktor! Des isch aber brav, daß wir Sie a wieder hier hawe. I bin Ihne schön ze Dank für die erschte Gäst', die Sie uns zug'schickt.«

Es flog ein bißchen rot über Zumstegs Gesicht, er schüttelte die ihm entgegengestreckte Hand des Wirtes und antwortete:»Ja so – dies ist ja die ›Sonne‹ – ich hatte vergessen – führt der Weg grad' drauf hinunter?«

Er hatte gar nicht daran gedacht – es war ein merkwürdiger Zufall, daß er gerade an den Platz gekommen, den er Madlene Romwald zum Aufenthalt anempfohlen, und aus der Ansprache des Wirtes vernahm er, sie befinde sich in der Tat schon hier. So mußte er wohl seine Absicht, vorüberzuwandern, aufgeben und für einige Augenblicke einkehren; sie erfuhr natürlich, daß er hier gewesen sei, und hätte es doch als Unart aufgenommen, wenn er sich davongemacht, ohne die Schwester seines besten Freundes, mit der er obendrein in der letzten Woche mehrere Briefe gewechselt, zu begrüßen. Rasch trat er in die Gaststube ein und stellte eine Zeit lang vor einem Spiegel die Ordnung seiner vom Übersteigen des Bergkammes etwas mitgenommenen äußeren Erscheinung wieder her; dann empfand er vor dem Besuch noch ein dringliches Bedürfnis nach einer Erfrischung auch seines Innern, ließ sich einen Schoppen »Glotterthaler« bringen, der ihm in guter Erinnerung stand, und leerte sein Glas hurtig ein paarmal aus. Der stark feurige Wein verfehlte nicht seine geistige Wirkung zu üben; er regte die Sinne lebendig an, machte frei von aller Befangenheit und Unschlüssigkeit, so daß Zumsteg selbst nicht mehr begriff, warum er sich eigentlich verhehlt habe, daß die »Sonne« hier das Ziel seiner Fahrt von Berlin an den Oberrhein und seines Umherwanderns im Schwarzwald gewesen sei. Nun war sein Fläschchen leer, und er stieg die bekannte Treppe hinan und klopfte an eine Tür.

Von drinnen antwortete es mit heller, fröhlicher Stimme:»Herein!« Auf dem Tisch des Zimmers stand in einem Glase ein Strauß von Anemonen und Himmelsschlüsseln hübsch zusammengeordnet, davor saß eine junge Dame und bemühte sich, die Frühlingsblumen mit Aquarellfarben auf dem Blatt eines Skizzenbuches wiederzugeben. Sie drehte hastig den Kopf, als ob sie jemanden erwartet habe, doch sah dann den auf der Schwelle Anhaltenden mit einem Ausdruck von Enttäuschung überrascht-verwundert an.

Das Gleiche tat auch er. War das Madlene Romwald?

Nun stand sie auf und sagte höflich:»Sie irren sich vermutlich, mein Herr.«

Nein, so hatte er sie sich durchaus nicht gedacht. Ohne Frage war sie ja ein hübsches und anmutiges Mädchen, gleich an der Ähnlichkeit mit ihrem Bruder erkennbar. Aber –

Wie konnte dies heitere, von innerlichem Glück durchleuchtete Gesicht einen tiefen, dem seinigen ähnlichen Erinnerungsschmerz in sich tragen und diesem so Ausdruck geliehen haben?

Es wandelte ihn unwillkürlich an, zu erwidern:»Ich bitte um Entschuldigung – allerdings, ich habe mich geirrt –«

Doch das wäre unsinnig gewesen; wie die Sache lag, galt es, in möglichst gewandter Art den Irrtum so zu verbessern, daß sein Vorhandengewesensein völlig im verborgenen blieb, und Richard Zumsteg entgegnete mit artiger Verbeugung:

»Nein, verehrte Freundin, meine Augen belehren mich, daß ich an die richtige Tür geklopft habe. Die Ihrigen sind freilich nicht in der Lage, dies zu beurteilen, da sie wohl große Ähnlichkeit mit denen Gustavs besitzen, aber ihm doch nicht angehören. Ich komme auf einem kleinen Ausflug in den Schwarzwald hier vorüber und fand, daß es doch meine Pflicht sei, bei Ihnen vorzufragen, ob Sie mit dem Aufenthaltsort, an den mein Rat Sie gebracht, zufrieden sind?«

Einen Augenblick stand Madlene Romwald wortlos-erstaunt, bis sie hervorbrachte:»Sie sind – sind Doktor Zumsteg?«

Sie errötete ein wenig; allerdings hatte sie Grund, nicht minder überrascht zu sein als er. Sein Hierherkommen besaß zwar etwas Eigentümliches, verknüpfte sich unvermeidlich in der Vorstellung mit den wunderlichen Auslassungen seines letzten Briefes. Aber der Ton, in dem er gesprochen, war so leicht gesellschaftlich, bei aller Artigkeit so innerlich kühl, daß er keinen Gedanken daran beließ, Richard Zumsteg trage eine Übereinstimmung mit dem geheimen Wunsch ihres Bruders in sich. Er mußte in der Tat nicht von einer Absicht in den Schwarzwald hergeführt sein, sondern nur durch Wanderlust, und einen Zufall, der ihn dabei in dies Tal gebracht, benutzt haben, um im Vorübergehen einen Besuch abzustatten. Das empfand Madlene aus seiner Anrede mit weiblichem Instinkt; er war eigentlich nicht um ihretwillen hier, fühlte sich nur durch die Freundschaft mit Gustav dazu verpflichtet. Seinerseits aber mußte er beinah nach der knappgefaßten Erwiderung ihres letzten Briefes den Glauben hegen, sie habe ein wärmeres Gefühl, eine Absicht aus seinen Worten herausgelesen und bezweckt, durch jene Kürze beiden ein kurzes Ende zu bereiten. Ihr war's, als sei eine Hindeutung darauf leicht spöttisch aus seiner Begrüßung hervorgeklungen. Das ließ ihr die Röte ein wenig ins Gesicht steigen, doch sich schnell fassend, reichte sie ihm die Hand entgegen und fügte ihrer erstaunten Frage nach:

»So seien Sie mir herzlich willkommen, haben Sie Dank, daß Sie mich an diesen köstlichen Platz gebracht, und nicht weniger dafür, daß Sie mich hier aufsuchen, und verübeln Sie mir meine letzte lakonische Antwort nicht. Ich war so in Anspruch genommen, daß ich nicht mehr Zeit, als für die paar fast unfreundlich kurz aussehenden Worte finden konnte.«

Das klang unverständlich, und Zumsteg wiederholte: »Kurze Worte? Sie sprachen sich allerdings nicht deutlich aus, aber sie –«

Jetzt fiel Madlene ein: »Lassen wir sie, lieber Freund! Ich hoffe, wir werden ja auch gute Freundschaft fortan halten, und ich habe keinen Grund zu verschweigen, was mir an dem Tag Zeit und andere Gedanken nahm, sondern kann dem Freunde Gustavs mitteilen, wie ich es meinem Bruder geschrieben, daß ich mich verlobt habe.«

»Verlobt?« Der Hörer sah sie verwundert an. »Also das war das Liebliche und zugleich Traurige, von dem Ihr Brief sprach – weshalb Sie sich darauf freuten, Himmelsschlüssel und Anemonen wiederzusehen?«

»Woher wissen Sie das?« Madlene blickte ihm noch weit erstaunter ins Gesicht, nickte dann jedoch ernstfreudig und fuhr fort: »Ja, Sie nannten es, wie es war, lieblich und traurig. Wir liebten uns schon seit Jahren, und im vorigen Frühling sagte er es mir, im Wald, wo die Anemonen und Himmelsschlüssel um uns am Boden blühten. Aber ich fühlte mich der Zukunft, meines Selbst nicht sicher und wollte ein starkes, gesundes Leben nicht unlöslich an ein Ungewisses, schwaches festbinden. Es war schwer, zu antworten, erst wenn ich die Empfindung gewönne, ihm nicht nur im Schlag des Herzens, auch in seiner Lebensbürgschaft gleich zu sein, könne ich das kleine Wort erwidern, das er verlangte. Doch meine Liebe besaß die Kraft, so zu sprechen und zu halten, was der Mund gesagt; nun aber seit dem Winter trag' ich's freudig und sicher in mir, daß ich darf, daß ich leben werde – auch der Arzt bestätigt es – und ich habe ihm geschrieben, nur das eine Wort, das ich damals mit ihm verabredet. Er hat darauf seit einem Jahr geharrt, wie ich, und ich weiß, auf das kleine »Ja« wird er hierherkommen – morgen – vielleicht heute schon – – und bei seinem Eintritt sollen die Blumen ihn grüßen, zwischen denen wir uns zuletzt gesehen.«

Es sprach so viel Glück aus den Zügen Madlene Romwalds, daß ihre Lippen nicht imstande gewesen waren, es zurückzuhalten, sondern dem Freunde ihres Bruders eingehend Kunde davon geben gemußt. Er beglückwünschte sie herzlich, begriff jetzt ihren letzten Brief und verstand ihn trotzdem immer noch nicht, oder vielmehr nicht, wie er sich danach eine so ganz andere Vorstellung von ihr gemacht. Mechanisch äußerte er: »Aber Sie mußten doch schon von Ihrer Gesundheit überzeugt sein – wußten, was Sie hier erwarten werde – als Sie mir schrieben –«

»Natürlich – ich schrieb oder telegraphierte vielmehr zugleich das Ja an meinen Verlobten.«

»Sie telegraphierten –« wiederholte Richard Zumsteg gedankenlos, um irgend etwas zu sagen.

»Ja, ich war ungeschickt gewesen, hatte mir die rechte Hand verstaucht und konnte in den Tagen nicht selbst schreiben.«

Verdutzt sah er sie an, streckte unwillkürlich die Hand nach seiner Brusttasche und erwiderte, einen Brief hervorziehend, leicht stotternd: »Also ist – ist das nicht Ihre Handschrift?«

»Nein, meine Reisebegleiterin, die schon länger bei mir zum Besuch war, schrieb für mich. Den ersten Brief diktierte ich ihr; bei dem zweiten sagte ich ihr nur, was sie antworten möge.«

Das rätselhaft Widerspruchsvolle, das er sich nicht zu erklären vermocht, lag plötzlich aufgehellt vor ihm; wie Schuppen fiel's ihm von den Augen. Aber sehr absonderlich, lächerlich aufgehellt. Was ihn so angesprochen, so wunderbar berührt, war die empfindsame Herzensergießung einer alten Schachtel, des »Elefanten« Madlenes gewesen, von deren Nachschrift die letztere keine Ahnung besessen. Eine Ärgerregung übermannte ihn, daß er, sie nicht verhehlend, ausstieß:

»Es wäre mir angenehmer gewesen, liebe Freundin, wenn Ihre Briefe das nicht verschwiegen hätten.«

»Warum? Die Handschrift ändert doch nichts an ihnen.«

»Oder – ich meine – wenn Sie den zweiten wenigstens auch selbst diktiert hätten, daß er so kurz geblieben wäre, als er von Ihnen beabsichtigt war.«

»Ja, ist er denn – ich habe ihn gar nicht gesehen – hat denn Hada noch etwas Weiteres hinzugefügt?«

»Von wem sprechen Sie?«

»Von meiner Freundin, Fräulein Elmenhorst – Hedwig Elmenhorst – ich nenne sie, wie sie in ihrem ostholsteinischen Elternhause noch aus altwendischer Überlieferung her gerufen wurde, Hada.«

Noch hörbar verdrossenen Tones erwiderte Zumsteg: »Das letztere wird allerdings lange her sein. Ist Ihre Ehrendame mit Ihnen verwandt, etwa eine Großtante oder –?«

Lachend fiel Madlene ein: »Solche Gesellschafterin wäre nicht besonders nach meinem Geschmack; sie ist genau in meinem Alter, das paßt besser zusammen. Doch ich tue unrecht, über Ihre irrtümliche Meinung zu lachen; die Arme wird allerdings schon lange nicht mehr in ihrem Elternhause Hada gerufen, sondern hat bereits vor bald sechs Jahren ihre Eltern verloren, steht ganz allein in der Welt und ist infolge davon von ernst-schwermütiger, in sich verschlossener Sinnesart, so daß mein Bemühen, sie heiterer zu stimmen, höchstens einmal für kurze Augenblicke gelingt. Für diese Absicht habe ich sie auch gebeten, mich hierher zu begleiten – aber ich verstehe nicht – ich kann mir nicht denken, daß Hada meiner letzten Erwiderung an Sie etwas Kränkendes hinzugesetzt haben sollte. Bitte, lassen Sie mich –«

Sie streckte die Hand nach dem Brief aus, doch einfallend: »O nein – das nicht – durchaus nichts Kränkendes,« zog Richard Zumsteg ihn jetzt rasch zurück und verbarg ihn wieder in seiner Brusttasche. Er stand, ungewiß um sich blickend, fügte nach: »So – das also ist die Lösung dessen, was mir nicht erklärlich war – befindet sich das Fräulein – ich meine, haben Sie die gewünschten Zimmer so erhalten, wie sie Ihrem Verlangen nach wechselseitiger Abtrennungsmöglichkeit entsprechen?«

»Ja, ganz so,« entgegnete Madlene leicht verwundert. »Ich habe die meinigen hier, und die beiden Stuben meiner Freundin liegen drüben jenseits des Flurs. Ich würde sie rufen und bitten, zu Ihrer Begrüßung herüberzukommen, denn Sie sind ihr ja auch kein völlig Fremder, da sie ebenfalls durch Gustav schon öfter von Ihnen gehört und Ihre Briefe neuerdings gelesen hat. Aber sie ist fort, mir noch mehr von den Frühlingsblumen zu holen; ein wenig aufwärts im Tal, rechts über den Bach hin, steht ein prächtiger Laubwald – Sie werden ihn ja wahrscheinlich von Ihrem früheren Aufenthalt hier kennen – wo der Boden gegenwärtig schon ganz mit Anemonen und Himmelsschlüsseln überdeckt ist.«

»Ja, den kenne ich,« antwortete Zumsteg – »so, blühen sie dort bereits? Der Platz ist sehr geschützt – dann will ich, da Sie Ihren Bräutigam erwarten, nicht länger – ich meine, ich will Ihnen die dringliche Zeit nicht länger verkürzen, daß Sie bis zu seiner Ankunft Ihr Blumenbild vollendet haben. Zum Mittagessen darf ich wohl bei Ihnen am Tisch teilnehmen und Sie dann nochmals begrüßen.«

Er verließ mit höflicher Verneigung schnell das Zimmer; Madlene Romwald blickte ihm noch verwunderter nach und murmelte kopfschüttelnd, als er die Tür geschlossen, was sie schon einmal nach dem Lesen seines zweiten Briefes vor sich hin gesagt: »Ein kurioser Mensch.«

Darum also hatte die schneeschmelzende Sonne in Berlin ihn wie an einem goldenen Strahlenband nach der ›Sonne‹ im Schwarzwald hinübergezogen? Das war eine merkwürdige Täuschung gewesen, ein Beleg, wie wenig sich auf Ahnung oder dunkles Empfinden oder wie man derlei mystische Verschwommenheit sonst zu heißen beliebte, geben ließ. Gewiß gönnte er der Schwester seines Freundes ihr Glück, aber ebenso gönnte er auch Madlene Romwald ihrem Verlobten von Herzen.

Daß er gesagt, er werde bis zum Mittagessen bleiben, sie dabei noch einmal begrüßen, hatte etwas recht Überflüssiges gehabt. Cui bono? fragte der Jurist; wem zu Nutz? Vielleicht ward ihm das Vergnügen dabei zuteil, den Bräutigam zu sehen. Darauf hätte er am Ende auch noch Verzicht leisten können.

Aber es war einmal unbedacht gesagt, und so mußte er bis dahin die Zeit verbringen und schlenderte langsam auf bekanntem Wege talaufwärts. Über ihm stand die Sonne und um ihn lag süße Frühlingsluft; da und dort kam ein Veilchenduft vom Boden. Doch die Laubbüsche zeigten noch kaum leisen Knospentrieb, sprachen, es sei erst Vorfrühling.

Dieser aber war eigentlich überall von gleicher Art. Die Szenerie der Landschaft mochte verschieden sein, hier aus Berg und Tal, dort aus weiter Ebene mit nur leichten Hügelwellen bestehen, die Sinne und die innere Empfindung wurden völlig von den nämlichen Eindrücken erfaßt. Mit geschlossenen Augen gehend, befand man sich an jeder Stelle, wo man einmal so gegangen; doch auch, wenn der Blick aus den geöffneten Lidern nur auf das Nächste, den Wegwart fiel, konnte man glauben, das erste Frühlingserwachen in einer norddeutschen Landschaft, etwa einer des östlichen Holsteins, um sich zu sehen.

Unsagbar erinnerungsvoll war's, rief von den Lippen des halb traumhaft Hinschreitenden Worte wach, in die er vor kurzem diese geheimnisvolle Gedächtnisaufweckung lang entschwundener Augenblicke und Entgegenbringungen des Lebens eingekleidet hatte. Leise wiederholte er vor sich hin:

»Ein Rauschen war's im Laub des Baumes,
Das Flimmern eines Sonnenlichts,
Ein Blütenduft des Gartensaumes,
Ein Schattenwurf, ein Hauch, ein Nichts –
Und dennoch alles läßt's vergehen,
Was um dich ist, mit jähem Schlag,
Und eine Welt dir auferstehen,
Die still in dir begraben lag –«

So hatte er's damals auf das Blatt hingeschrieben, aber das bildete keinen Abschluß der Empfindung, offenbar fehlte ihr Eigentlichstes, das gewaltig in ihr Wachgerufene noch daran. Aus Sonne und Duft kam's ihm gegenwärtig wie von selbst, und die Augen geschlossen haltend, ergänzte er leisen Klanges vor sich hin:

»Und halb verblichene Züge nicken,
Und holde Stimme klingt darein,
Und holdvertraute Augen blicken
Durch ersten Frühlingssonnenschein –«

Ein Weilchen ging er noch so weiter, dann hatte er das Gesuchte gefunden, sah auf und stutzte fast zurück. Was hier dicht vor ihm lag, war in der Tat vollständig wie eine ostholsteinische Gegend. In erweiterter Talausbuchtung hob sich von beinah ebenem Boden ein noch kahler Buchenwald, nur erst leis braunknospend, auf; zwischen die grauen Stämme fielen Sonnenstreifen hinein und zeigten den Grund, wie von einem weißen Linnen, ganz mit Anemonen überdeckt. Da und dort zog sich ein goldheller Strich von Himmelsschlüsseln hindurch; lautlos still dehnte es sich in die Waldtiefe, nur plötzlich hob aus ihr eine Amsel ihren flötenden Gesang von einem Wipfel herab.

Fast unbewußt war Richard Zumsteg vom Weg ab in das Bereich der grauen Stämme eingetreten und schritt zwischen ihnen weiter. Doch nun fuhr er einmal schreckhaft zusammen, ein dürrer Vorjahrszweig hatte laut unter seinem Fuß geknackt, und zugleich erschrak er darüber, daß er im Begriff gestanden, ein Häuflein der weißen Blüten zu zertreten. Ihm war's, als habe eine Stimme neben ihm gesagt:»Die sind meine Freunde«; sein Herz klopfte hastig, er mußte sich sorglich in acht nehmen, vorsichtig den Fuß weiterzusetzen. Aber die Schweigsamkeit um ihn her, nur von der Amselstimme durchbrochen, nahm ihm etwas Atemraubendes, Geisterhaftes an, erfüllte ihn fast mit bangendem Begehren nach einem Ton, einer Regung menschlichen Lebens.

Da tauchte eine solche auf, in einiger Entfernung die Bewegung einer weißen Hand. Eine abgewandte weibliche Gestalt stand gebückt, Blumen vom Boden pflückend, und mit ihrem Anblick verschwand das gespenstische Waldtreiben um den Einsamen her. Er befand sich nicht allein mit seiner Erinnerung, zweifellos war die Fremde die Freundin Madlene Romwalds, die Schreiberin der beiden Briefe, und ihm kam jetzt das Bewußtsein, er hatte ja die Richtung hierher eingeschlagen, um sie aufzusuchen, ihr beim Pflücken der Blumen behilflich zu sein. Sie sah und hörte ihn nicht; so gelangte er dicht hinter ihren Rücken und sprach sie, den Hut lüftend, an:»Ich habe wohl das Vergnügen, Fräulein Hedwig Elmenhorst zu begrüßen – meine Name ist Richard Zumsteg –«

Sie war beim Klang seiner Stimme zusammengefahren, wie eine plötzliche, unerwartete Anrede im Walde es begreiflich mit sich brachte. Aufgerichtet, doch noch abgekehrt, hörte sie die Nennung seines Namens; dann wandte sie, zugleich scheu und zitternd, aber willenlos von einem Ruck herumgerissen, ihm das Gesicht zu.

Da flog ein Doppelschrei durch die Buchenstämme, verzitterte in Schwingungen zur Waldtiefe hinein. Danach ward es totenstill; wie gelähmt an Leib und Seele standen beide und blickten sich mit starr-ungläubigen Augen an.

Kein Atemzug einer Brust, kein Vermögen der Lippen zu einem Laut. Wie eine Geistererscheinung hier und dort. Nur die Amsel zog hell und hoch die Töne, das Jauchzen ihres Liebesliedes.

Und dann endlich ein Begrüßen, Wort und Bewegung zugleich:»Du – du bist Hada Elmenhorst – die mir schrieb – die ich umsonst gesucht – gesucht –«

Wie die Stimme Richard Zumstegs bebte, so schwankten seine Füße. Er brach vor der schlanken, dunkel, fast wie in Trauer gekleideten Mädchengestalt auf die Knie nieder, und ihre reglos herabhängende Hand umklammernd, stammelte er noch: »Kannst du – willst du mir vergeben?«

Sie konnte noch nicht reden; um nicht ebenfalls umzusinken, mußte sie sich mit einer Hand auf seine Schultern stützen, doch die andere legte sie fest auf seinen Scheitel. Ein Duft umfloß ihn daraus von oben herab, ihre Finger hielten einen Strauß von Veilchen, die sie gesammelt.

»Hada – Hada heißt du – die Namenlose –«

Er mußte sich noch tiefer vor ihr niederwerfen, glitt mit dem Kopf gegen die Erde hinab und preßte demütig die Lippen auf ihren Fuß. Nun ging ein Schauer durch ihren Körper, sie bückte sich, ihn aufzurichten, und wie im Traum kam's von ihrem Munde:

»Und du heißt Richard – bist Richard Zumsteg –«

Danach ward es wieder lautlos. Es gelang ihr nicht, ihn emporzuheben, und kraftverlassen ließ sie sich zu ihm auf den Boden nieder. Sie saßen, stumm ihre Hände haltend; nur ein tiefes Aufwogen des Atems hob und senkte jetzt beiden die Brust. Und einmal sprachen willenlos die Lippen Hadas: »O mein Gott – – wie soll ich für diese Stunde danken!«

Da wagte Richard Zumsteg zum erstenmal den Arm zu heben, ihn um ihren Nacken zu legen, und seine Augen in die ihrigen tauchend, sagte er:

»Du willst danken, Hada? Für diese Stunde –«

Durch seinen Blick flog ein Leuchten. »Weißt du, welchen Schluß ich eben den Versen hinzugefügt hatte, die du ahnungslos von mir gelesen?

Und halbverblichene Züge nicken,
Und helle Stimme klingt darein,
Und holdvertraute Augen blicken
Durch ersten Frühlingssonnenschein;
Und was errungen du vom Leben,

Zerschlägt dein Herz in armes Nichts.
Und alles, alles hinzugeben
Für eine Stunde jenes Lichts –

Nein, für ein Leben jener Stunde – ich brauche nicht mehr zu fragen:»Willst du es, Hada? – es mußte ja sein –«

Und Anemonen und Himmelsschlüssel unter dem kahlen Vorfrühlingsgezweig sahen wieder, was sie schon einmal so gewahrt, fest aufeinandergeheftete Lippen und traumhaft dazu geschlossene Augen. Nur stürmisch klopfende Herzen, sonst Lautlosigkeit umher, bis auf den jubelnden Frühlingsgesang der Amsel.

Wohl um zwei Stunden später war's, als Richard Zumsteg und Hedwig Elmenhorst, sich umschlungen haltend, langsam, zögernden Schrittes, den Weg zur ›Sonne‹ hinabschritten. Manchmal streifte sein Blick verstohlen von der Seite über seine Begleiterin: ganz das lichtblonde Haar und die Veilchenaugen waren's, wie an jenem Abend, nur städtische Tracht umschloß jetzt die noch etwas höher gewordene Gestalt, die lieblichen Züge hatte ein ernster, von dieser Stunde noch nicht wieder hinweggescheuchter Ausdruck überlagert, doch unfraglich ihre Schönheit noch erhöht. Flüsternd redete Zumsteg:

»Deine ländliche Tracht tat's, Hada; zuerst hielt ich dich wirklich für ein Landmädchen – dann wohl nicht mehr – aber da war's schon zu spät und der Zauber des Frühlings mit dir besinnungslos über mich gekommen. Ich hatte die Kraft noch, dich zurückschicken zu wollen – zweimal, erinnerst du dich? – doch du warst so töricht – und kannst du mich zu hart verdammen? – Der Zauber muß ja auch über dich gekommen sein, dich willenlos gemacht haben –«

Hocherrötend drückte sie das Gesicht gegen seine Schulter, und er fuhr leise fort:»Das Gewissen trieb mich hastig von dir fort, und dann, nach wenig Wochen trieb es mich heiß anklagend zurück – nicht das Gewissen allein, das Herz noch mehr – nach dir zu suchen. Du weißt, umsonst – niemand im Dorf kannte dich, wußte von dir – wie vermochte das zu sein?«

Darauf konnte Hada, den Kopf wieder aufrichtend, antworten:»Im Dorf kannte mich niemand, ich war kurz auf einem Gut nach der anderen Seite hinüber, ziemlich weit entfernt, zum Besuch, aber der Wald zog mich besonders an und ich hielt mich am liebsten in ihm auf. Das war wohl Vorbestimmung, Richard – die Tracht hatte ich mir von einem Mädchen auf dem Gut geliehen, ein kindisches Vergnügen war's, darin im Feld umherzustreifen. Laß uns nicht mehr davon sprechen, Richard – heut' nicht – sondern – ja, deine Handschrift berührte auch mich so seltsam und dein Gedicht – ich mußte darauf antworten; es galt ja nicht mir, sondern Madlene –«

Bei dem letzten Wort hielt die Sprecherin erschreckt den Fuß an und zog hastig den Arm von ihrem Begleiter fort, denn sie umbogen eine scharfe Wegkrümmung, und unvermutet tauchte Madlene dicht vor ihnen auf. Doch nicht sie allein, sondern auch sie besaß einen Gefährten an ihrem Bruder, dem Rechtsanwalt Gustav Romwald, der beim Erblicken Zumstegs ausrief:»Da ist er ja! Ich bin ganz auf denselben Gedanken verfallen, wie du, Richard; wir hätten vernünftigerweise zusammenreisen können –«

Hier brach er indes ab, um das Gleiche zu tun, womit seine Schwester schon einige Sekunden vor ihm begonnen, welche großstaunenden Blicks auf die beiden ihnen Entgegengeratenen schaute, da Richard Zumsteg seinen Arm nicht von dem Nacken Hedwig Elmenhorsts fortgenommen hatte. Einen Moment schwieg er, nach rechtem Wort suchend, dann erwiderte er unbefangen heiteren Tones:

»Mich zog es ein bißchen früher zu den Anemonen und Himmelsschlüsseln, Gustav, die du mir so verlockend geschildert hattest, und du siehst das inhaltsreiche Ergebnis davon an meinem Arm, denn ich stelle euch hier meine Braut vor. Ich bin dir sehr dankbar dafür, noch mehr aber Ihnen, liebe Freundin, für die Vermittlerrolle, welche Sie, freilich unwissentlich und unwillentlich, zwischen uns gespielt. Ihre verletzte Hand hat uns zusammengeführt, und durch unsere Schriftzüge, unsere Briefe haben die Herzen sich wechselseitig gefangen genommen.«

Leicht und ohne stockenden Klang kam's ihm von den Lippen. Madlenes Überraschung fand kaum Worte, hervorzubringen:

»Wie ist denn das möglich – Sie hatten sich beide ja nie gesehen? Nicht einmal den Namen Hadas kannten Sie noch vor ein paar Stunden – und durch die Briefe haben Sie sich –?«

»Ja, es klingt seltsam,« lächelte Zumsteg,»aber es kann wohl nicht anders sein, denn es ist so. Nicht wahr, Hada? Sie hören, liebe Madlene, meine Zunge versteht sich jetzt schon gut auf den Namen.«

Das Gesicht Hedwigs bedeckte sich wieder etwas mit Röte, doch das fiel unter solchen Umständen wohl begreiflich, und nickend sagte sie leise:»Ja, du hörst's, es ist so, Madlene – wir beide sind jetzt glücklich, du und ich.«

»Ich werd' es erst ganz sein, wenn ich am Tisch sitze,«lachte Gustav Romwald,»denn ich habe einen aufgespeicherten Hunger von vierundzwanzig Stunden.« Er warf die scherzende Äußerung nicht absichtslos ein; sein Blick las in den Zügen Hedwigs, daß es ihr – wiederum wohlbegreiflich – peinlich sei, gegenwärtig über ihre schnelle Verlobung weiter befragt zu werden, und in seine Tasche greifend, setzte er hinzu:»Ich muß Indemnität bei dir nachsuchen, Richard; dies Telegramm kam eben, ich glaubte, es sei eine dringende Geschäftssache für mich und öffnete es, ohne die Aufschrift anzusehen. Aber es ist für dich – dir wird eine Konsulatsstelle im Ausland darin angeboten.«

Richard Zumsteg warf einen Blick über das ihm dargereichte Blatt, dann sagte er:»Das geht auch mich nicht an, Freund; das hat meine Braut zu beantworten. Willst du übers Meer, Hada?«

»Wohin du gehst – ich will nur bei dir sein.«

Nun lächelte er:»Ich glaube, wir würden uns doch nach den deutschen Frühlingsblumen zu sehr sehnen.«

Doch er konnte sich nicht enthalten, trotz der Gegenwart der beiden anderen ihren Nacken dabei zu umschlingen und sie zu küssen. Der junge Rechtsanwalt nahm mit liebenswürdigem Zartgefühl den Arm seiner Schwester und schritt mit ihr voraus, als könne er seinen Trieb zum Mittagstisch in der ›Sonne‹ nicht mehr bändigen.

Madlene Romwald aber sagte, aus der Hörweite gelangt:»Das sind zwei kuriose Menschen, die passen wahrhaftig zusammen,« Dann jedoch hatte sie anderes zu denken, denn auch ihr konnte in jedem Augenblick ein wundersames Wiedersehen bevorstehen.

Über tredition

Eigenes Buch veröffentlichen

tredition wurde 2006 in Hamburg gegründet und hat seither mehre-re tausend Buchtitel veröffentlicht. Autoren veröffentlichen in we-nigen leichten Schritten gedruckte Bücher, e-Books und audio-Books. tredition hat das Ziel, die beste und fairste Veröffentli-chungsmöglichkeit für Autoren zu bieten.

tredition wurde mit der Erkenntnis gegründet, dass nur etwa jedes 200. bei Verlagen eingereichte Manuskript veröffentlicht wird. Da-bei hat jedes Buch seinen Markt, also seine Leser. tredition sorgt dafür, dass für jedes Buch die Leserschaft auch erreicht wird.

Im einzigartigen Literatur-Netzwerk von tredition bieten zahlreiche Literatur-Partner (das sind Lektoren, Übersetzer, Hörbuchsprecher und Illustratoren) ihre Dienstleistung an, um Manuskripte zu ver-bessern oder die Vielfalt zu erhöhen. Autoren vereinbaren direkt mit den Literatur-Partnern die Konditionen ihrer Zusammenarbeit und partizipieren gemeinsam am Erfolg des Buches.

Das gesamte Verlagsprogramm von tredition ist bei allen stationä-ren Buchhandlungen und Online-Buchhändlern wie z. B. Amazon erhältlich. e-Books stehen bei den führenden Online-Portalen (z. B. iBookstore von Apple oder Kindle von Amazon) zum Verkauf.

Einfach leicht ein Buch veröffentlichen: **www.tredition.de**

Eigene Buchreihe oder eigenen Verlag gründen

Seit 2009 bietet tredition sein Verlagskonzept auch als sogenanntes "White-Label" an. Das bedeutet, dass andere Unternehmen, Institutionen und Personen risikofrei und unkompliziert selbst zum Herausgeber von Büchern und Buchreihen unter eigener Marke werden können. tredition übernimmt dabei das komplette Herstellungs- und Distributionsrisiko.

Zahlreiche Zeitschriften-, Zeitungs- und Buchverlage, Universitäten, Forschungseinrichtungen u.v.m. nutzen diese Dienstleistung von tredition, um unter eigener Marke ohne Risiko Bücher zu verlegen.

Alle Informationen im Internet: **www.tredition.de/fuer-verlage**

tredition wurde mit mehreren Innovationspreisen ausgezeichnet, u. a. mit dem Webfuture Award und dem Innovationspreis der Buch Digitale.

tredition ist Mitglied im Börsenverein des Deutschen Buchhandels.

Dieses Werk elektronisch lesen

Dieses Werk ist Teil der Gutenberg-DE Edition DVD. Diese enthält das komplette Archiv des Projekt Gutenberg-DE. Die DVD ist im Internet erhältlich auf **http://gutenbergshop.abc.de**

Zeitfracht Medien GmbH
Ferdinand-Jühlke-Straße 7
99095 Erfurt, Deutschland
produktsicherheit@kolibri360.de